親愛

力從

的支

尊重讀者的意見是我們工作的宗旨，因爲沒有你們的關懷，我們不可能進步。懇請你們把以下的表格填寫，剪寄：香港鰂魚涌華蘭路 14 號益新工業大廈 18 樓 A 座，勤＋緣出版社收。

我們也會定期跟讀者保持聯絡，向你們報導有關本港暢銷書的出版情況、勤＋緣出版社的新書以及聯同屈臣氏書店或香港各大書店舉辦的讀者活動。敬祝

身心愉快！

梁鳳儀

一九九八年一月一日

---

敬請讀者填寫以下表格（請以英文正楷填寫）

逕寄：香港鰂魚涌華蘭路14號益新工業大廈18樓A座勤＋緣出版社收

姓名：＿＿＿＿＿＿＿＿

性別：＿＿＿＿＿＿ 年齡：＿＿＿＿＿＿

地址：＿＿＿＿＿＿＿＿

＿＿＿＿＿＿＿＿

電話：（公司）＿＿＿＿＿＿＿＿

（住宅）＿＿＿＿＿＿＿＿

傳眞號碼：＿＿＿＿＿＿＿＿

意見：＿＿＿＿＿＿＿＿

＿＿＿＿＿＿＿＿

勤＋緣出版社

# 本性難移

衛斯理 著

# 自序

偶然發生的事件會向意想不到的方向演變，這個故事堪稱典型。故事本身很傳奇，所以如果對於故事中提及的人類本性不感興趣的話，可以完全不理，並不妨礙看故事的樂趣。

當然如果有興趣的話更好，或許可以聯想到一些甚麼，也就是看故事之外的額外收穫。

倪匡

一九九八、十二、六　三藩市

昨晚風雨故人來，相談甚歡。

# 目錄

# 一、逃難奇遇

小郭來坐，神情很是憂鬱，像是有甚麼心事。

我不去理會他，自顧自看書。因爲上次他來的時候也是這樣，我很關心地問他爲甚麼，他竟然長嘆一聲道：「無敵是最寂寞！」

當時我回了他一句地道的北方話：「你哪兒涼快哪兒呆着去吧！」說完了這句話，我把他轟了出去。

人到了一定的時候，就容易自我膨脹，大人物有大人物的膨脹，小人物有小人物的膨脹。膨脹到了不可控制的階段，人就進入了瘋狂狀態——這是一定的規律，凡進入自我膨脹狀態的人，都脫不了這個規律。

比起許多不知所云的人來，小郭確然很有自我膨脹的條件，可是能夠不膨脹當然最好，所以在他離去的時候，我大聲提醒他：「多想想你要找而沒有找到的人，他們就全都是你的敵人！」

小郭當時略有所悟——這件事情到現在大約有半年多，這次他又來這一套，我當然懶得理會。

小郭好幾次欲言又止，我只是假裝看不見。就在這時候，大門打開，紅綾和溫寶裕走了進來。

小郭像是遇到了救星，連忙站了起來，向兩人道：「考考你們的想像力！」紅綾和溫寶裕都是無事生非的人，立刻接上了榫，齊聲道：「放馬過來！」

小郭揮着手：「請設想一種方法，可以要找甚麼人，就立刻可以找得到。」

我在一旁聽得小郭這樣說，就知道他這次來，真的是遇上了一些困難，和上次的無病呻吟不同。

找人是小郭郭大偵探的專長，最近幾年，甚至於以色列的特工人員，也要尋求小郭的幫助，尋找還活着的納粹戰犯，而且頗有成績。據我所知，找人的能力，小郭和他建立的聯絡網，在地球上，絕對在首三名之內。

但即使如此，當然也不可能做到「要找甚麼人立刻可以找得到」。

小郭出了這樣的一個題目，只說明他正要找一個甚麼人而找不到，所以才異想天開地希望能夠有這樣的一個方法。

我自然也知道他不是眞的想得到答案，只不過是想打破由於上次他自我膨脹所造成的尷尬，可以開始和我說話。

我暗暗冷笑，小郭斜着眼瞄我，我還是假裝看不見。

紅綾和溫寶裕卻很認眞，溫寶裕吸了一口氣：「好傢伙，難度很高！」

紅綾搖了搖頭：「沒有方法……除非……除非從現在開始，在全世界每一個人體內植入會發射信號的裝置，而且每個人所發射的信號不同，而又有一個可以接收所有信號的裝置，那麼就可以知道每個人所在的位置，就能夠一下子把人找出來了！」

溫寶裕搖頭：「那要先知道要找的人發出的信號是甚麼才行，不能算是隨便要找一個人就可以找得到。」

紅綾點頭表示同意，兩人又想了一會，才一起道：「沒有這樣的辦法！」

我在這時候才冷冷地道：「當然沒有這樣的辦法，要不然郭大偵探怎麼會愁眉不展！」

小郭苦笑：「就知道上次向你發了一句牢騷就會給你說好幾年！」

我笑了笑：「其實你若是要找甚麼人而找不到的話，也就不會有別人可以找得到了。」

說完之後我又補充：「而且這種用盡方法也找不到的人，大多數根本沒有尋找的價值──找不找得到都沒有關係。」

這一句話，小郭大有同感：「說得是，總是有人來委託找人，凡是找不到的那些，都是根本不必去找的！」

我攤了攤手：「好，問題解決了！」

我這句話把小郭想說的話全都堵了回去，小郭怔了一怔，轉向紅綾和溫寶裕：「說一個故事給你們聽聽。」

紅綾和溫寶裕一齊搖頭：「若是尋常的故事，我們不想聽。」

小郭有些下不了台，我笑道：「郭叔叔說故事，你們膽敢不聽！說不定有趣之極！」

兩人一起做了一個鬼臉，一副勉爲其難的神情，溫寶裕道：「首一分鐘不好聽，我們就拒絕聽下去。」

紅綾則道：「先別說，且聽聽故事的背景，是不是能引起我的興趣。」

小郭也眞忍得住，居然並不拂袖而去，由此可知他實在非常想我聽他說這個故事。

他向紅綾陪笑：「是五十多年之前，中國發生抗日戰爭時候的事情，不知道衞大小姐是不是有興趣？」

紅綾居然立刻有回答：「好極，最好是書本中沒有記載的事情。」

我明白紅綾的意思——她需要吸收書本之外的知識。

溫寶裕則無可不可，我的視線仍然不離開手上的書。

小郭吞了一口口水，道：「請把我所說的在腦中迅速構成畫面。」

溫寶裕大聲道：「十秒鐘！」

小郭道：「在一列行駛中的火車頂上，擠滿了人，那些人要儘量連接在一起，才不會在搖晃中跌下來。」

小郭才說了這一句，我就已經知道是甚麼樣的情景了。

可是紅綾卻不明白，她立刻問：「人爲甚麼要擠在火車的頂上？」

我向溫寶裕望去，看看他是不是知道人爲甚麼要擠在火車的頂上。溫寶裕神情迷惘，搖了搖頭，原來他也不知道——這不能怪他們，因爲他們並沒有經過戰爭的動亂。

在戰爭動亂之中，人羣有一種行動，稱之爲「逃難」，用逃來躲避戰爭帶來的禍害。可是逃難本身，根本就是一種災害。

在逃難的過程之中，所有的交通工具都被逃難的人羣超額運用，之所以在火車頂上會擠滿了人，原因當然是由於火車的車廂中再也擠不下人了。人擠在火車頂上，火車開動，車頂上的人，不但要忍受強風的吹襲，而且還要忍受火車頭所噴出來的濃煙和煤灰，在火車前進的搖晃和震動中，還會隨時從火車頂上掉下來，丟了生命。

可是爲了逃避戰爭禍害，在戰時（我相信小郭提到的是當年日本皇軍侵略中國的情形）這種情景卻十分普遍，隨處可見。

在開始的時候，鐵路員工還加以阻止。可是急於逃難的人羣，由於對戰爭的恐懼，已經喪失了理智，非但不領情，而且還羣起毆打鐵路員工。所以後來也就沒有人再多加理會，任由人羣爬上火車頂，去完成他們的逃難任務。

（這個故事在很多方面牽涉到人類行為，所以在這裏不妨略為分析一下爬火車頂逃難的這種行為。）

（人類往往在喪失理智的情形下做出許多可怕的行為，這些行為不但傷害他人，而且也傷害自己。更令人百思不得其解的是，這些行為往往非常矛盾，難以解釋——應該不會有這種行為發生，可是卻偏偏發生了。）

（例如逃難本來是為了保命，爬上火車頂，其喪失生命的可能性遠在處於戰爭發生地點之上，可是人羣還是奮勇前赴，在那時候又變得完全不怕死了。）

（用完全不怕死的行為來達成怕死的目標，這豈非矛盾之極？）

同樣是在火車頂上，安全的程度也有差別。以在火車頂的中間部份最安全，因為火車頂並不是平面，而是略呈弧形——向兩邊傾斜，所以在邊上，容易掉下去。而且在火車頂的中間，有凸起的部份可以供人抓住，穩住身子，減少掉下去的可能。

當火車的車廂之中再也擠不下，人羣開始爬上火車頂的時候，那種爭先恐後、吼叫吶喊的情形，爲了爭取火車頂中間部份的位置而發揮出來的那種強大的殺傷力，如果用在戰場上，足以使任何侵略者喪膽。

身強力壯者佔據了火車頂的中間位置之後，後來者當然只好在火車頂的兩邊。

小郭所說的故事，開始於火車頂上，由於場景十分特別，不加詳細說明不容易明白，所以才花了許多唇舌來解釋。

經過解釋之後，溫寶裕和紅綾明白了這種特殊的情形，小郭才可以繼續他的故事。

小郭說得很詳細，當時我聽的時候頗不耐煩，但是後來知道詳細的敍述在故事以後的發展中有十分重要的地位，所以我不能加以刪減，只好照樣詳細敍述。

當時火車頂上爬滿了人，當然每個人都有每個人的故事，有多少人就有多少個故事，不過這裏只能說其中的一個。

這個故事牽涉到兩個人。

兩個都是青年男性，年齡都在二十二三歲左右，都是正當年輕力壯，所以其中的一個，就佔了火車頂的中間，他立刻緊緊抓住了那個凸出的部份，穩住了身子。

這個青年的名字是陳名富。

另一個青年行動略慢，卻不是由於他的身手不夠矯捷，而是由於他帶了一件行李——那件身外物妨礙了他的行動，使他未能第一時間爬上火車頂，當他努力把行李推上火車頂，人接着爬上來的時候，只能夠在車頂的邊上棲身。

這個青年的姓名是游救國——這個名字有些特別，一般同類的名字都是叫「振國」、「興國」甚麼的，他卻十分直截了當，就叫救國。

這游救國在火車頂的位置恰好在陳名富的旁邊。本來他如果緊挨着陳名富的話，會比較安全。可是在他先把行李推上來的時候，行李就被推到了陳名富的身邊。

那行李是一隻籐做的網籃。

網籃這種器具現在也不多見了，它是一隻相當深的籃子，有很結實的挽手，爲了防止裝在籃中的東西掉出來，有一層繩子結成的網罩在上面，所以這種器具就稱之爲網籃。

在游救國上來之後，正在考慮只是要把自己和網籃換一個位置的時候，陳名富的一隻手已經抓住了網籃的挽手。

雖然沒有說話，可是陳名富的動作意思很明顯，所以游救國也立刻抓住了網籃挽手的另一邊。這樣一來，網籃在兩個人的中間，就把兩個人聯繫在一起。而陳名富的另一隻手抓住了車頂的凸起部份，相對來說，游救國也就增加了安全程度。

所以游救國和陳名富四目交投的時候，游救國向陳名富很感激的點了點頭，陳名富也作了「不算甚麼」的表示。

在當時那種兵荒馬亂的環境下，他們都沒有自我介紹的意願——萍水相逢，誰知道下一刻會怎樣，交換姓名這種平常的行爲，在這種情形下毫無意義。

所以一直到事故發生，這兩個青年都並不知道對方的名字。我先把他們的名字說出來，是爲了敍述上的方便。

火車當然無法準時開出，可終於開動。火車向南駛，第一天開開停停，停下來的原因多數是爲了躲日本飛機的空襲——戰事已經很接近，在火車停下來的時候，可以聽到從北方傳來的隆隆砲聲。

事故發生在當天晚上，經過一天半夜在火車頂上的旅程，再年輕力壯也會感到疲憊不堪，所以沿途絡續有人從火車頂上掉下去。

開始有人掉下去的時候，其餘擠在火車頂上的人還會發出驚呼聲，到後來所有人都變得麻木，就算有人掉下去，也沒有人再加以注意。

到了午夜時分，火車駛進了一條隧道。

隧道中漆黑一片，甚麼也看不見，所以究竟事情是如何發生的，陳名富一直沒有弄清楚，只是知道事情發生了而已。

火車在隧道中行駛，發出的聲響很是驚人，而且空氣在狹窄的隧道中，流動更快，形成了強風，令人耳膜發脹，影響聽覺。可是即使在這樣的情形下，在火車駛進了隧道之後不多久，陳名富就聽到從火車頭的方向傳來了可怕的驚呼聲。

那種刺耳之極的驚呼聲簡直如同地獄之門大開，有成千上萬的厲鬼一起呼叫着衝了出來一樣。

驚呼聲在迅速傳近，很快就到了陳名富的身邊，他聽到游救國也發出了驚呼聲，接着是連續不斷的撞擊聲，陳名富感到像是忽然下起驟雨來，極大的雨點灑向他，澆得他一頭一臉，怪異的是「雨點」又腥又熱，陳名富一手抓住了網籃的挽手，一手抓住了車頂的凸起部份，雖然「雨點」在他的頭臉上流動，令他感到極度的不舒服，可是他也無法可施，他只覺得抓住網籃的手上，忽然輕了。

而驚呼聲和撞擊聲一直在向火車尾部傳去，很快就停止了。

火車在繼續前進，大約在幾分鐘後就駛出了隧道。而就在那幾分鐘之中，陳名富感到淋在他頭臉上的「雨點」在漸漸凝結，他伸出舌頭去舔了舔，覺到了一股鹹味。那使他知道灑在身上的是血，人血！

陳名富感到了一陣反胃，這時候他還是不確切知道發生了甚麼事情，他只是意識到有許多人死了，而且死得十分悲慘。

這時候他無論怎樣想，都無法想像悲慘的程度。等到火車駛出了隧道，當晚月色甚好，陳名富立刻看到還在火車頂上的人幾乎毫無例外的都滿身鮮血，血已經半凝結，像是每個人的臉上都塗滿了紅色的油彩。

而在這樣情形下，人的雙眼看來格外鮮明，黑色的眼珠固定不動，每一個人看來都像是鬼怪。

在有些人的身上，還掛着一些血淋淋的殘手斷腳，以及不知道是人的身體的甚麼部份。就在陳名富眼前的網籃上，甚至於有半個人頭，凸出的一隻眼睛，在月光下瞪着陳名富，陳名富終於忍不住嘔吐了起來。

嘔吐的不止是陳名富一個人，還在火車頂上的人都被眼前瘋狂恐怖的景象所震撼，而變得十分不正常。在突然有一個人開始尖叫之後，人人都發出瘋狂的叫喊聲，夾雜着毫無意義的語言，有的人甚至於站了起來，手舞足蹈，當然這些人都在火車的疾駛中從火車頂上摔了下去，也根本沒有人去理會他們的死活。

陳名富全身僵硬，他以爲自己已經死了，身在地獄——只有在地獄才會有那種可怕的情形。

後來當陳名富回過神來的時候，他推測發生那樣可怕的事情，有可能是隧道中，不知道由於甚麼原因，出現了一個障礙，而這個障礙在火車駛過的時候，把在火車頂上，一邊的人全都掃了下來，從火車頭到火車尾，無一倖免。

障礙和人的身體撞擊的力量，由於火車行駛的速度十分快，所以力量也很大，這就是爲甚麼鮮血四濺、肢體破碎的原因。

當火車終於在一個小站停下來的時候，原來在火車頂上的人，大約只剩下三分之一左右。

陳名富在火車停下之後，好不容易才令自己的一隻手鬆開了火車頂上的凸出物，而另外一隻手卻因爲僵硬而無論如何都無法離開網籃的挽手，所以他是連人帶網籃一起從火車頂上滾跌下來的。

在火車頂上發生的慘事，車廂中的人並不知道，等到看到很多人滿身鮮血從火車頂上下來，才知道有慘事發生。然而所有人也都只不過是默默地望着，絕沒有人肯離開車廂提供幫助，甚至於根本沒有人問一問發生了甚麼事情。

從火車頂上下來的人，顯然還沒有從極度的驚恐之中定下神來，他們一着地之後，就毫無例外地一面發出驚呼聲，一面四散奔走，這是人在極度驚恐之下的反應。

陳名富也同樣向前奔跑，他完全不知道自己該到甚麼地方去，只是在下意識中，感到要離火車越遠越好，彷彿離火車遠了，就可以抹去剛才的經歷。

當然那只是妄想，陳名富終其一生，也無法在腦海中除去當時那種可怕的景象。

那時候陳名富向前奔，腳高腳低，跌跌撞撞，也不管腳下是不是有路，只是拚命向前。

開始的時候，在他身邊還有不少人和他在一起奔跑，漸漸人向四下散開，等到陳名富發現前面有一道河阻住去路時，他視線所及，已經一個人都沒有了。

四下靜寂無比，陳名富略停了一停，喘了一會，總算放下了網籃，這時候他才想到，網籃的主人，當然也在隧道中發生慘事時離開了火車頂。

想起他和對方曾經如此接近，現在卻完全不知道對方的生死下落，他心中不知道是甚麼滋味。

他也沒有想到要脫衣服，就跳進了河水中，努力洗擦頭臉上的血污。

河水很冷，使得陳名富頭腦清醒很多，他開始從極度的恐懼之中回過神來，知道發生了甚麼事情。

他在上岸之後，脫去了濕衣服，他倒是真的直到這時候，夜風吹來，令他全身發抖之際，才想到網籃之中可能有衣服，他可以拿來穿着禦寒。

於是他扯開了網籃上的網，網下面是幾層報紙，拿開報紙之後，下面果然是衣服，而且是質地很好，他從小到大從來沒有穿過的好衣服。

在這裏有必要約略介紹一下陳名富這個人。他雖然不是這個故事的第一主角，卻也相當重要，所以不可以忽略。

陳名富那年二十一歲，他出身十分貧困，可是和一般貧苦人家的孩子不一樣，他非常勤奮好學，由於家裏經濟情形不好，他上學經常要停課，所以到二十一歲才讀到了高中畢業班。

由於品學兼優，在學校很得到校長的啓重，也很得到同學的尊敬。他的學校在戰事逼近的時候，全體高班同學和校長、老師都決定不在淪陷區當順民，而集體撤退，並且尋找機會投筆從戎，參加軍隊，殺敵救國。

陳名富如果一直不離開集體，根本不會發生這些事情，可是在半路上經過他的家鄉，他想起在鄉下的父母，而此去前途茫茫，不知道是不是還能夠有機會再見兩位老人家，所以他離開了隊伍，去看父母。

人生的遭遇眞是絕不可測，往往只是一個無關重要的決定，就可以改變人的一生，使人走到一條以前做夢都想不到的路上去。

陳名富的情形就是這樣。當他提出要離開隊伍一會的時候，也有不少人反對，校長更是不允許。如果陳名富不是那樣渴望見到父母，少一分堅持，他的一生就完全不一樣了。

當時陳名富沒有和校長堅持，他採取了私自行動的方法，在幾個好同學的掩護下，他故意走在隊伍的後面，然後趁校長不覺察，偷偷溜走。

那時候陳名富想：來回四五里路，見了父母說幾句話，只不過耽擱半小時左右，加快腳步就可以追上隊伍。

卻不料他見了父母之後，兩位老人家知道兒子要遠行，而且可能會從軍，大大傷心。陳名富為了安慰父母，花了半天時間，好不容易脫身，卻從此再也趕不上隊伍了。

他只知道隊伍會向南走，所以他也一直向南去。由於他原來是跟着隊伍行動的，所以他身上根本沒有盤纏，一連幾天，擠火車可以不必買票，靠他母親給的幾個雞蛋和糢糢充飢，在完全沒有學校隊伍消息的情形下，他正處於前路茫茫的境地。

他的這種處境對他後來的行動有決定性的作用。

卻說當時他在網籃中找到了所需的衣服鞋襪，穿起來都十分合身，在他已不感到寒冷的時候，他的神智更加清醒，所以他決定看看網籃中的全部東西。

而這一個決定的結果，更是大大出乎他的意料之外！

網籃上層和下層全是衣服和一些日常用品，而在中間卻有一個油布包，陳名富拿在手中，就覺得相當沉重，解開來一看，包中有兩卷圓柱形的物體，用紅紙包着。

陳名富一看到那兩卷東西，就心頭狂跳。他自己雖然貧困，可是沒有吃過豬肉，總也看過豬跑，他知道大疊銀洋，就使用這種包裝方法。

他的手有些發抖，拿起其中一卷，用力一拗，包裝的紅紙破裂，一陣叮叮噹噹的聲響中，月色之下，白花花的銀洋，掉在他的腳下。

陳名富要過了好一會，才定了定神，撿起兩塊銀洋來，掂在中指上，輕輕互擊，聽銀洋在撞擊之中發出的聲響。四周圍十分寂靜，那種叮叮聲聽來也就份外悅耳。他又拈了一枚，湊近嘴，在銀洋邊上用力一吹，然後立刻放在耳邊，就聽到了一陣輕微的「營營」聲響。

這都是檢驗銀洋眞假的方法——陳名富從來也沒有自己擁有過一塊銀洋，這些方法是他在學校幫忙從事庶務工作，有銀洋經手的時候學來的。

又過了一會，他才眞正定下神來，數了一數，被他拆散了的一卷，總共是一百塊銀洋，塊塊都是銀洋中最好的「袁大頭」——洋錢上鑄的是袁世凱的頭像。

一卷一百塊，兩卷就是兩百塊。

兩百塊大洋，對於陳名富這個窮小子來說，不論他如何勉力鎭定，一顆心還是幾乎要從口中跳出來。而且他實在無法想像這兩百大洋的眞正價値，因爲這樣的財富，在他二十一年的生命中，即使是在夢境中，也未曾出現過。

他用一條毛巾把拆散的銀洋包了起來，又拿起了另外一卷，緊緊抱在懷中。

在從發現銀洋一直到天亮的那段時間中，他思緒紊亂至於極點，不知道想了多少事，可是卻又甚麼都想不成。

一直到朝陽升起，他才十分確切地知道，自己成了這兩百大洋的主人！

溫寶裕當初只給小郭十秒鐘時間來說故事，不過由於小郭的故事有相當程度的吸引力，所以聽的人聽得很入神，也就任由小郭說下去。

等小郭說到這裏的時候，溫寶裕才插嘴，叫道：「這陳名富十分無恥，怎麼就把人家的錢據爲己有了！」

紅綾則道：「那游救國呢？」

溫寶裕哼了一聲：「游救國當然死了——雖然游救國死了，這陳名富也不應該把財物當成是他自己的！」

小郭望了溫寶裕一會：「然則請問溫先生，閣下如果在這種情形下會如何處理？」

## 二、驚艷

溫寶裕想了一會，卻也無法回答。

小郭道：「在當時那種情形下，陳名富把洋錢當成是自己的，實在無可厚非。然而事情後來有不同的發展，使我們有理由相信陳名富的人格並非無恥。」

小郭說得十分認真——這時候我也不明白小郭爲甚麼要爲陳名富的人格辯護。溫寶裕和紅綾一起催促：「快說以後發生的事情！」

在天亮之後，陳名富首先想到，兩百大洋當然是巨大的財富，可是在兵荒馬亂的時候，也可能是禍害，非嚴密收藏不可，要是被人知道，隨時都可能惹來殺身之禍！

陳名富對於這筆錢財的態度，經過很多曲折，一開始他抱住了洋錢，想到的只是如何不讓別人知道。

在他思索如何收藏洋錢的時候，他又發現在那個油布包中除了兩卷洋錢之外，還有一樣東西，那東西又扁又平，卻還用油布包着，看來十分重要，所以才如此小心保護。

陳名富拿起了它，只覺得很輕，拆開油布一看，原來是一封信。

那信的信封上寫着：

書呈

盧振中　義兄台啓

游緘

陳名富吸了一口氣，信封並沒有封口，他取出了信紙，打開看。從他第一次看這封信起，接下來有相當長的一段日子，他不斷地在參詳信的內容。信上的每個字他都認得，只不過信上所說的一些事，由於他既非寫信人，又非收信人，所以一時之間不容易明白。當然到後來他完全明白了信的內容。

信全文如下：

**振中義兄閣下大鑒**：

天津一別，各分東西，倏忽已逾二十載。憶昔你我共同負笈東洋，同窗九年，情同手足，遂有結拜之舉，種種如在眼前，而雙鬢已斑，所謂少年子弟江湖老，良堪感嘆。

回國之後，首五六年尚有音訊相通，知吾兄婚後不久即得一千金，恰與小兒救國同年，吾兄曾數度來信提及一切，歡樂之情溢於詞表，如今想必闔家安康，近十餘年來竟然未通音訊，不勝懸念之至。

今小兒救國，因戰局影響，必須南下以避戰禍，吾兄所處之地，環境特殊，應可不爲戰火波及，故令小兒晉見吾兄，請多加提點教導，則小弟感同身受，不勝感激。

至於吾兄昔日所言，如有變化，不能實現，可不必認真，只當作戲言可也。近十餘年來未能通訊之理由，一言難盡，小兒亦不知究竟，但盼能有朝一日與吾兄作竟夜促膝之長談。

東洋風光甚勝，可惜其人狼子野心，毀我大好河山，真令人痛心之極。弟環境不定，小兒救國務請多加照看，再三、再三。

敬祝　大安

弟　道聖　百拜

陳名富一口氣看了兩遍，這才知道曾經和自己一起在火車頂上的青年叫游救國。

這封信當然是要游救國面交一個叫作盧振中的人，而這個盧振中是游救國父親的結拜兄長。

小郭在唸出這封信的時候，順手拿過紙和筆，把全封信都寫了出來，可知他對這信印象十分深刻，早已背得滾瓜爛熟。

我早已知道小郭雖然說是「說故事」，可是事實上他有一定的目的，他所說的事情，一定是實際上真實發生過的事，而不僅僅是「故事」。

只不過這時候我還不知道他目的何在，我只是肯定這封信在整件事情中十分重要，所以小郭才會記得如此清楚。

小郭在寫完了這信之後，又寫了一個地址。

地址很詳細，不但有城市的名稱，而且有這個城市的分區，然後才是街道、門牌號碼。

根據我敘述的一貫原則，我不會把這個地址照實寫出來，只是作隱隱約約的提示——不爲別的，只是故作神秘而已。

這封信中曾提到這個城市的環境很特殊，確然如此。那種特殊的環境，使人以爲它不會受到日本軍隊的攻擊，是一個安全的地方，這或許就是游救國的父親要游救國到那裏去的原因。可是兩三年之後，日本軍隊還是佔領了這個城市，這是題外話，表過不提。

我對這個城市非常熟悉，所以一看到這個地址，就知道游救國要去找的那個盧振中，不是普通人，非富即貴。因爲那個住宅區在山上，不是有一定的身份，難以在那個區域內有一所房子。

溫寶裕和紅綾在催小郭說下去，我卻道：「等一等，先把已經知道的資料整理一下，不然事情發展下去，會越來越複雜，不容易搞清楚。」

溫寶裕立刻道：「事情很簡單，一點也不複雜。」

我道：「好，就請你把事情簡單化一下。」

事情當然不是很簡單，所以溫寶裕也要想了一想才說，他道：「我把事情分爲人和事兩方面來說，先說人。」

他說着，也拿過紙和筆來，道：「和這件事有關係的人是——」

他一面說，一面寫，寫下的人名是：

**游救國　游道聖（關係：父子）**

**陳名富**

**盧振中**

他寫到這裏，頓了一頓，道：「還有一個人，現在還不知道她的名字，她是盧振中的女兒，和游救國同年。」

我點了點頭：「很好，這五個人之間的關係，到目前為止，不算很複雜，可是那封信中，卻很有些不可解之處，第一，何以游道聖和盧振中這兩個結拜兄弟竟然會十多年不通音訊，為何一言難盡？第二，信中所說盧振中『昔日所言』，好像很神秘，又究竟是怎麼一回事？而游救國去找盧振中除了躲避戰爭之外，是不是還另有目的？」

我一口氣提了三個問題，溫寶裕顯然沒有想到這些，所以一時之間，他答不上來。

溫寶裕回答不出，可是卻不服氣，道：「這些問題重要嗎？」

我還沒有回答，白素已經道：「我想我可以回答你第二個問題。」

我並不感到意外，因爲白素的推理能力一向很強。

我做了一個手勢，請白素往下說。

白素道：「盧振中曾經對游道聖說過一些話，游道聖在信中特別提起，可知說過的話，相當重要。而游道聖卻又聲明，這些話可以當作『戲言』，而游道聖信中又巧妙的提到盧振中的女兒，他又叫兒子去找盧振中……」

白素婉婉轉轉說到這裏，我已經知道她想說些甚麼了，而且立刻同意了她的想法。

這時候小郭也點了點頭，顯然他也已經知道。而紅綾和溫寶裕卻瞪大了眼睛，顯然不知道白素想說明甚麼——這也難怪他們，因爲白素想到的事情，現在早已不再存在，在年輕人的思考範圍之外，所以不容易想到。

溫寶裕發急：「究竟是甚麼事情？」

白素笑道：「我猜當時，盧振中生了女兒，游道聖生了兒子，盧振中一定曾經提議，雙方結為兒女親家，把自己的女兒嫁給游道聖的兒子！」

白素說得再明白不過，可是紅綾和溫寶裕還是覺得匪夷所思。

我向他們解釋：「這種情形在那時候很普遍——等生了女兒才提親，已經算是很開明的了，還有『指腹為婚』的哩！」

溫寶裕咕噥了幾句，忽然跳了起來，雙手亂揮，叫道：「大事不好！陳名富這小子要冒名頂替，去娶盧振中的女兒！」

我也想到了這個可能，只是沒有溫寶裕那樣大驚小怪而已。

溫寶裕接着又伸手指着小郭：「老套！老套！你這個故事十分老套，在《三言兩拍》之中，有的是這樣的故事！」

小郭一翻眼，冷冷地道：「以前有過這樣的故事那又怎樣！你沒有聽說過太陽底下無新事？世界上多少事情都是重複了又重複，若是說『以史為鑑』就可以避免事情重複發生，人類歷史上也不會不斷有戰爭了！所有的戰爭發生的原因幾乎都類同，都愚蠢之極，可是還不是一直在重複發生！」

溫寶裕顯然沒有料到自己的話會引出小郭這樣的一番長篇大論來，一時之間他不知道如何反應才好。

小郭又冷笑：「你也不必以小人之心度君子之腹，陳名富當時並沒有想要冒名頂替！」

溫寶裕看出小郭十分認眞，他就不敢再說甚麼，只是聳了聳肩。我也感到小郭不知道爲了甚麼在言語之間不止一次表示維護陳名富。

我想了一想，忽然心中一動，立刻向白素望去，和白素目光接觸，白素向我點了點頭。

白素的反應使我知道我想對了。

剛才我突然感到「游救國」這個名字在小郭沒有說故事之前，我就有印象——好像是一個小名流，在商場上有點成就之類的人物。這類人物在城市中很多，我之所以會對他有一點印象，是因爲他的姓名很特別。

我相信像「游救國」這樣的名字，不會有同名同姓的機會。

那麼現在這個游救國是不是故事中的游救國呢？

如果是的話，那就大有問題！

因爲故事中的游救國早已在那條隧道中死於非命，不可能活到現在。

現在如果還存在游救國這個人的話，那麼這個游救國必然是有人假冒的，而最可能假冒游救國的人，當然就是陳名富。

這樣的推理過程，我以爲完全可以成立。

而且小郭剛才維護陳名富的話也很有問題，我就抓住了他的話，疾聲道：「陳名富他當時沒有想到要冒名頂替，可是他後來終於還是冒認了游救國的身份，是不是？」

溫寶裕見我作出了這樣的推斷，大是興奮。小郭並沒有否認，卻瞪了我一眼：「沒有人會知道以後的事情，他當時看了信，所想到的是：原來以爲網籃已經成了無主之物，不妨據爲己有。現在雖然不知道游道聖的地址，但想來盧振中一定知道。自己就應該把東西送到盧振中那裏，再由盧振中轉交給游道聖，不但物歸原主，而且還可以把游救國已經遭到不幸的消息帶給游道聖。」

我立刻問：「這些全是他告訴你的？」

小郭道：「是，我相信他所說的一切！」

小郭再次維護陳名富，我也不客氣，進一步道：「我們現在在說的『他』，就是以前的陳名富，現在的游救國，是不是？」

我這樣問，等於已經肯定了陳名富冒名頂替的事實。

小郭望了我好一會，並沒有直接回答我的問題，也沒有否認，只是道：「以後發生的事情，我會照實說出來。」

溫寶裕低聲道：「所謂『照實說出來』，也還是變成了游救國的陳名富所說的！」

小郭有些惱怒，可是卻又不知道該如何發作，他哼了一聲：「你們無非是想證明陳名富的人格有問題！」

溫寶裕見小郭搭了腔，得其所哉，立刻道：「如果冒名頂替是事實，就證明他的人格確實有問題。」

小郭重重頓足：「先把事情聽完了再下判斷，好不好？」

我注意到他已經把「故事」改成了「事情」，由此可知，他所說的一切，確然就是現在的商場小名人游救國（陳名富）的眞實經歷。

這就更引起了我的興趣，因爲一個人冒認了他人的身份、姓名來生活，實在很難想像過的是一種甚麼樣的日子——光是擔驚受怕，怕被人識穿，幾十年下來只怕也會神經錯亂了！

在現實生活中，很少有這樣戲劇性的例子，所以很值得留意。

這時候白素道：「小郭，我相信你的判斷。」

小郭霍然起立，向白素深深一鞠躬，表示感謝。

白素又道：「我也相信陳名富在看了信之後，眞的只想到物歸原主。」

我望向她：「何所據而云然？」

白素道：「我們可以從信中，推測到盧振中曾有要結兒女親家的提議，可是我相信陳名富無法推測到這一點，所以他沒有冒名頂替的動機。」

我想了一想，覺得白素的分析很有理，溫寶裕也點了點頭，表示同意。然則陳名富後來終於冒認了游救國的身份，必然另有曲折，很值得聽下去。

小郭也感到自己的態度過於激動，所以他吁了一口氣，解釋道：「我和他接觸已有相當時日，可以說深知他的爲人，在整件事情中，他確然有不是之處，可是並非不能原諒。」

在知道了故事是事實之後，大家興趣更濃，都等着小郭再往下說。

卻說陳名富當時有了這樣的決定，他就繼續南下，可以證明他當時並沒有冒認游救國的念頭，是他根本無法知道盧振中會不知道游救國的模樣，當然他更不可能知道見到了盧振中之後會發生那些事情。

他走走停停，越向南去，離戰火越遠。而且身邊有了錢，行程自然方便很多——他認爲自己的行動很純眞，是爲了幫助游道聖獲知兒子不幸的消息，所以心安理得地合理花費，在他到達目的地的時候，也只不過用掉了四五塊銀洋而已。

他到了地址上的那個城市，語言完全不通在進入省境時就已經使他狼狽不堪，這時候反倒漸漸適應了。

可是在上了山路，找到了那所花園洋房的時候，爲了說明自己的來意，和應門的男僕還是糾纏了十來分鐘而不得要領。最後他沒有辦法，只好取出那封信來，指着信封上「盧振中」的名字。

那男僕看到了信封上的名字才連連點頭，一伸手就把信接了過去，向他做了一個手勢，示意他在鐵門外等着。

陳名富曾經兩次向那男僕自報姓名，可是對方根本聽不懂他江蘇省北部的語言，當然他的來意如此複雜，他雖然簡單地說了，也完全等於白說。

他在鐵門外大約等了十五分鐘左右，那是相當長的等待時間，何況在鐵門內還有兩條大狼狗，虎視眈眈地監視着他，這滋味很不好受。陳名富不是沒有考慮過轉身就走，把所有錢財據爲己有，免得好心做好事，還要被人冷落。

不過他還是勉力忍耐，一直等在鐵門外。

好不容易，才看到房子裏一前一後有兩個人奔了出來，奔在前面的那個，穿着長衫，看來很有身份，後面的那個就是那男僕。

那穿長衫的中年人，一面奔一面叫：「游大少，老爺有請！」

他叫得雖然聲音響亮，可是陳名富卻完全不知道他在叫些甚麼，陳名富心中想，這南方語言眞是難懂。

等到中年人急急忙忙打開鐵門，他的身體語言陳名富反倒容易明白，而且這時候他也至少聽明白了一個「請」字，他知道是那封信起了作用，屋主人正請他進去。

由於他沒有聽懂中年人對他的稱呼，所以那時候他並不知道人家把他當成了是游救國。

陳名富在那中年人極有禮貌的邀請下走進去，那男僕也改變了態度，硬把陳名富手中的網籃接了過去。

陳名富心想，這屋主人盧振中和寫信的游道聖果然是情同手足，憑一封信，對方就如此熱情招待。

進了屋子，陳名富只感到有點頭暈，因爲屋子中的陳設和排場，他都見所未見，光是男女僕人就有七八個之多，一律向他行禮，叫「游大少」——他還是聽不懂，不知道那是甚麼意思，只知道是表示恭敬而已。

那中年人並不請陳名富在客廳就坐，而是把他帶上了樓梯。到了樓上，更有很多穿戴華麗的婦女，有的擠在一起，嘰嘰喳喳在說話，視線全都集中在他的身上，分明是在議論他。有的過來和他打招呼，陳名富雖然聽不懂她們說些甚麼，也很有禮貌，大方的向她們一一行禮，而且可以感到她們的反應都十分好。

接着從一扇房門中又走出一個相當富態、大約五十出頭的婦女來，那婦女一出來，所有其他婦女都靜了下來，一起稱呼：「太太！」

這一下稱呼，陳名富倒是聽懂了，那使他知道這位婦女是屋子的女主人，當然也就是盧振中夫人。

所以他也立刻叫了一聲：「盧伯母！」

盧夫人極之熱情，聽得陳名富叫她，不但滿臉笑容，而且雙手一起抓住了陳名富的手，相當大幅度的搖動，接下來以極快的速度說了一番話。

那一番話當時陳名富一個字都沒有聽懂，是後來才漸漸了解到的。當時盧夫人一面搖着陳名富的手，一面拉着陳名富向房間走，一面嘰嘰呱呱地幾乎沒有間斷地說話。

她說話的語氣聽來很誇張，也充滿了高興，她說的是：「好囉！你終於來了，你還叫我伯母？阿鵲她爸爸早幾天聽上面來的人說你會來，高興得人立刻有了精神，馬上吩咐準備辦喜事，我看你和阿鵲的喜事沖一沖，阿鵲她爸爸的病就立刻會好了！」

陳名富完全聽不懂，只當是普通的歡迎詞，只好連連點頭。

而這時候他已經被拉着進了房間，一看清楚房間中的情形，他就不禁怔了一怔。

房間很大，正中是一張大牀，牀上半躺着一個老人，那老人的臉容十分可怕，肥腫難分，可是雙頰卻又很紅，一手拿着那封信，信紙和手在一起發抖，他的另一隻手，想抬起來向陳名富招手，可是卻由於劇烈地發顫，而變得很滑稽地在打圈子。

在牀前，有三個穿着白衣服的護士，還有兩個穿長衫的人，可以推測是中醫，還有兩個穿西裝的，應該是西醫。

陳名富能夠很快的看出那四個人的身份，是由於他一眼就可以肯定牀上的那個老人，已經重病到了死亡邊緣，順理成章，圍在垂死病人旁邊的當然是醫生。

根據他的常識，他甚至於可以知道，老人的臉上發紅，是由於心情極度亢奮所形成。這種出現在重病病人身上的現象，有一個專門名詞，叫作：迴光返照！是病人快要接近死亡的一種徵象！

陳名富當然也可以知道牀上的老人就是盧振中。

他絕沒有想到盧振中會是一個瀕臨死亡的病人，所以一時之間更不知道該如何反應才好。

這時候牀上的老人，向他望來，目光居然還有焦點，可以集中在他的臉上，而且立刻在他浮腫的臉上現出笑容來——雖然那種情景絕不賞心悅目，可是也可以看出，老人的笑容發自內心，是由衷地感到高興，才會有這樣的笑容。

老人還開口說話，聲音雖然微弱，可是能聽得到，而且他一開口，說的是官話，陳名富能夠聽得懂。

老人（當然就是盧振中）道：「你終於來了！前幾天有人下來，說你爸爸要你來找我，本來我病得朝不保夕，聽到了這個消息，我說甚麼也要撐到親眼看到你和阿鵲成親，你爸爸和我，眞是比親兄弟還要親啊！」

直到聽了這番話，陳名富才知道事情遠較自己想像的複雜，那封信中所說的事情，原來和游救國的婚姻有關。

這時候陳名富也知道對方把自己當成了游救國，所以他想加以說明。

他道：「我，我——」

他說了兩個「我」字，盧夫人已經把他的手交到了盧振中的手中。重病中的盧振中手上一點氣力都沒有，可是他握住陳名富手的神情就像是臨死的人遇到了救星一樣。他不讓陳名富說下去，自顧自道：「你爸爸在信上胡說八道！當年我知道你爸爸有了你，我又有了阿鵲，這段親上加親的姻緣根本就是天作之合，怎麼可以當成戲言！這些年來，不知道爲了甚麼原因，一直無法和你爸爸聯絡，多少人來向阿鵲提親，都給我推掉了，這姻緣既然是老天的安排，你就一定會出現，果不其然！哈哈！哈哈！」

他一口氣說了那樣多的話，還要揚聲大笑，突然之間氣接不上來，雙眼反白，眼看就要斷氣。

在牀邊的人，有的叫，有的推，有的揉，盧振中總算又回過氣來，又道：「你們別擔心，我還死不了！沒有看到阿鵲和救國成婚，我會死不瞑目！」

事情發展到了這一地步，陳名富覺得自己非把話說清楚不可，可是他還沒有開口，盧振中已經叫道：「阿鵲，你在哪裏！」

接着陳名富就聽到了一個悅耳之極的女聲：「阿爹，我在。」

站在牀一邊的幾個人讓開，陳名富一抬頭，剎那之間就如同有幾百股閃電一起擊中了他。閃電來自一個美麗少女的雙眼，陳名富和那少女的眼光一接觸，視線就再也離不開那少女秀麗的臉龐。

那少女清秀亮麗，口角微抬，似笑非笑，有三分嬌羞、三分矜持，明艷照人，並不畏懼他的眼光，反而在她的眼中流露出無數難以確實，可是又可以有深深感受的信息。

陳名富整個人都變成呆在那裏——這種反應，當年王實甫先生的形容是：「這般可喜娘曾罕見」和「靈魂兒飛上了半邊天」！至今爲止，千餘年來，還沒有更好的形容。

所以在接下來的一段時間中，發生了一些甚麼事，有甚麼人說了一些甚麼話，陳名富完全不知道。他像是騰雲駕霧，輕飄飄地，喉嚨裏可能還發出了一些莫名其妙的聲響。他只感到少女動人的秀容在漸漸接近，鼻端也飄來了一股淡淡的幽香。

總之在他完全不知道發生了甚麼事情的情形下，盧振中和盧夫人已經合力將他的手和那少女的手放在一起。陳名富的手一碰到了少女的手，那種輕柔軟綿滑潤如絲的感覺迅速從他的手中傳遍全身，他在心中大叫：「握緊它！就算有人要把我的手砍下來，還是要握緊它！」

他在那樣想的時候，自然而然手指用力，那少女並沒有縮手。

## 三、冒充

少女非但沒有縮手，而且還恰到好處地回握，兩人的手緊貼，陳名富感到有一股力量在身體中產生，這股力量可以使他有膽量去做他以前想都不敢想的事情！

他也無法知道自己這時候臉上的神情如何，只是在那少女的眼波流轉之中，像是清清楚楚聽到少女在嬌嗔：君失態了！

陳名富立刻聆教，鬆開了手，又硬生生把視線從少女的俏臉上轉了開去，在他視線移開的一剎那，他還看到少女現出動人的俏皮神情，像是在說他：「孺子可教！」

陳名富只感到一股甜情蜜意把他浸得幾乎透不過氣來，他不由自主深深地吸了一口氣，這總算使他恢復了聽覺，盧振中正在說話，說得很快，他看到盧振中已經坐了起來，神情比剛才好了許多。

盧振中說了很多才停了下來，等候陳名富回答，陳名富卻完全沒有聽懂盧振中剛才所說的話。他只好照實道：「對不起，我聽不懂南方話。」

盧振中現出了奇怪之極的神情，甚至提高了聲音：「南方話？我剛才說的是日語！你不會說日語？道聖沒有教你日文？」

當陳名富聽到盧振中問他「你不會說日語」時，他手心已經在冒汗，他望向正盯着自己、一臉驚訝之色的盧振中，想到要假冒另外一個人，實在不是容易的事情，不如趁早坦白，說自己並不是他們在等待的游救國。

可是陳名富轉念一想，如果把事實眞相說出來，盧振中這位垂死老人一定失望、傷心之極，眞正會死不瞑目，自己不應該讓老人家臨死還要承受如此深切的痛苦，所以不能夠把事實說出來！

當他在這樣想的時候，他心中另外有一把聲音在冷笑：別自欺欺人了！你說爲了不想老人家失望才繼續冒充游救國，這種話你騙鬼，鬼也不會相信！你想一直冒充游救國，是爲了眼前的美少女！是爲了她！是爲了她可以成爲你的妻子！

陳名富自然而然又向那少女望去，少女同樣也有詫異的神情，修眉的眉尖微微向上挑，看來又另有一番風韻。

如果盧振中不是接着又問了一句「道聖沒有教你日文」的話，陳名富眞的不知道該如何回答才好。有了這一問，他就順着盧振中的口氣回答道：「沒有，他……家父沒有教我日文。」

陳名富在回答中，猶豫了十分之一秒，說出了「家父」這兩個字來，說明他的心中已經下定了決心，要冒充游救國到底了！

盧振中很奇怪，追問：「爲甚麼？爲甚麼他不教你日文？」

這時候陳名富不但手心冒汗，連背脊上也開始冒汗，他實在回答不上來，只好道：「我不知道……不知道是爲甚麼！」

當他這樣說了之後，他心中直叫：完了！完了！他眼前也一陣發黑。

卻不料盧振中在聽了他的話之後，神情大是感慨，居然有氣力揚手在枕頭上拍了一下，道：「高人！高人！道聖眞是高人，行事猶如天馬行空，非常人所能預測，往往含有深意，也不是常人所能了解！像我和他離別之後一直有書信來往，忽然之間他音訊全無，神秘莫測之極，還好我深知他的爲人，現在果然他把一位乘龍快婿送到了我面前！」

說到這裏他停了一停，望向少女，臉有得色：「阿鵲，阿爹沒有騙你吧！你看看救國相貌堂堂，一表人才，既然是游道聖的兒子，人品自然一等一，你能有這樣的丈夫……」

盧振中話還沒有說完，少女就嬌嗔輕輕頓足：「阿爹，我甚麼時候說你騙過我！」

陳名富聽了如飲醇醪，心想南方少女果然成熟，絕無忸怩作態，自然大方，眞是可愛之極！

盧振中顯然高興之極，呵呵笑着，又對陳名富道：「你看我這女兒怎麼樣？」

陳名富由衷地道：「只有『天仙化人』這四個字才可以形容！」

盧振中笑得更歡：「只是從小被我寵壞了，脾氣不好。」

陳名富自然而然編謊，謊話出口，流利無比：「家父說過，是盧伯伯的千金，人品自然是好到不能再好！」

他套着盧振中的話來稱讚，盧振中更是樂不可支。那少女也滿心喜歡，泛起笑容，如奇花初放，陳名富如沐春風，想說些甚麼可是又不知該說甚麼才好。反而那少女口角含笑，先對他道：「我叫喜鵲——盧喜鵲。」

陳名富剛才聽盧夫人和盧振中叫女兒，「阿鵲」兩字，在他聽來就像是「阿角」，直到這時候他才知道盧家千金的芳名如此別致，叫作盧喜鵲！

他立刻回答道：「我叫——」

他在說了兩個字之後，略頓了一頓，很自然地道：「救國——游救國。」

他這一自認是游救國，就再也不能轉圜，從此，世界上就沒有了陳名富這個人，原來的陳名富變成了游救國。

小郭把「故事」說到這裏，停了下來。

他把陳名富冒充游救國的經過，說得十分詳細。在事先他又有「設身處地誰都會這樣子」的說法，目的很明顯，都是爲了證明陳名富的人格並非卑鄙。

可是當他說到這裏停下來的時候，我首先大搖其頭。因爲小郭所說陳名富決定冒充游救國的經過，並不能證明他的人格沒有問題。就算他和盧喜鵲一見鍾情，盧喜鵲也眞的喜歡他，他也不應該冒充他人，而應該把一切說清楚。

如果盧喜鵲愛他，他們一樣可以成爲夫妻。

白素顯然知道我的想法，她向我望了一眼：「若是那位盧喜鵲小姐從此得到了美滿的婚姻，盧振中老人又帶着喜樂離開人世，那麼陳名富冒充他人的行為，似乎……似乎……」

白素看來也很難下結論，她向小郭望去。

小郭知道白素的意思，立刻道：「他們夫妻，恩愛無比，數十年如一日。游救國（陳名富）還健在，盧喜鵲在兩年前安然去世，並無子女。」

小郭的幾句話，就概括了盧喜鵲在婚後的一生，當然總體來說，盧喜鵲在遇到了陳名富之後，生活十分美滿幸福。如果沒有陳名富的出現，她未必能有這樣的生活。然而是不是就此可以說陳名富冒認他人的行為沒有錯呢？

這件事情連我和白素都很難下斷論，溫寶裕和紅綾當然更加說不出甚麼結論來。

我始終認為陳名富的行為有不當之處，所以冷冷地道：「我就不相信一個人冒充別人生活，會活得安樂、開心！就算游救國死了，不來找他算帳，還有別的人會來拆穿他的把戲。要是游道聖忽然來看看兒子，他怎麼辦？」

小郭道：「陳名富想過這個問題。」

陳名富當時鐵了心，冒充了游救國，盧振中知道自己不久人世，催着辦喜事。有錢好辦事，喜事在三天之後舉行，熱鬧非凡，盧振中居然奇蹟地多活了半年，才在充滿喜悅中去世。

而陳名富在這半年中，日子過得如夢如幻，簡直無法在心理上和現實聯繫起來。

他娶得了如花美眷，新婚生活，甜蜜得無法形容。而且他很快就發現妻子不但美麗溫順，而且學養驚人，精通日文、英文、法文，是當時城市中唯一一家大學的高材生。

而盧振中則繼承父業，是一家規模不大，可是底子很厚實的銀號的東主。在盧振中去世之後，陳名富和盧喜鵲就順理成章成爲銀號的主人。

陳名富雖然頂着他人的名字，可是他很上進，不但努力工作，而且努力學習，一年之後他就可以用英語和洋人溝通，而且他的工作才能也在管理銀號上得到了發揮。

他對銀號最大的貢獻是在戰爭演變到了成爲世界大戰之前，就把銀號的資金，轉移到最安全的地方，所以到日軍攻陷這個城市之後，銀號沒有任何損失。

而在戰後，他又把銀號發展成爲銀行，而他，游救國（陳名富）也一直是這家銀行的董事長。

他不但愛妻子，也對岳母孝順，而且對岳家的所有人都照顧備至，以致整個家族都對他十分尊敬，就算眞的游救國，只怕也不能做得更好！

小郭又一次在敍述中維護陳名富，我冷笑一聲：「剛才我的問題是：難道他不怕游道聖突然出現？你扯得太遠了！」

小郭吸了一口氣，他看出了我的不滿意，道：「你總要讓我把事情一件一件說清楚。」

我冷笑：「你只說這個冒牌貨的好處，叫人聽了感到古怪。」

小郭沒有和我爭辯，他道：「陳名富在冒充了游救國之後，第一個想到的問題是游道聖可能出現。對這個問題他很快就想好了應付的辦法。」

我揚了揚眉：「他倒是眞不簡單，以我看來這個問題最棘手，他用甚麼方法來應付？」

小郭道：「陳名富的辦法是，如果游道聖出現，他就立刻把事情的眞相說出來，請求游道聖和盧喜鵲的原諒。他相信盧喜鵲喜歡的是他這個人的本身，與他叫甚麼名字無關，而且盧喜鵲已經很快的對他從喜歡變成了深愛，所以盧喜鵲這方面沒有問題。游道聖方面，他的方法是向游道聖叩頭，拜游道聖爲義父，保證代替已死的游救國侍奉游道聖，使游道聖在失去了親生兒子之後，可以得回義子，他相信游道聖也會接受——雖然游道聖根本沒有出現過。」

我聽了只覺得渾身不舒服，連聲道：「無恥！無恥！」

小郭看到我的反應，竟至於漲紅了臉，大聲道：「怎麼會無恥？」

我冷笑：「爲了保全冒充的身份，就肯認人做父親，不是無恥，莫非高貴？」

小郭還是很生氣，可是一時之間也說不出甚麼來。

小郭雖然沒有出聲，可是神情十分惱怒。

我和小郭相交超過三十年，認識他還在認識白素以前，雖然有時候我們也會意見不合，可是卻從來也未曾出現過眼前這樣的情形，我可以肯定小郭如此維護陳名富，必有重大的理由。而我在沒有弄清楚這個理由之前，就不斷肯定陳名富無恥，實在很不應該，不是對朋友之道。

然而雖然我明白自己很有不是之處，一時之間也不知道該如何改口才好。

我們都不出聲，氣氛變得很僵。白素在這時候打破了僵局，她道：「陳名富的方法很合情合理，我也相信游道聖如果出現，一定會接受陳名富成爲他的義子。我更相信陳名富心中其實盼望游道聖出現，因爲游道聖如果出現，他就可以坦白一切，從此心中不再有秘密——人心中如果有巨大的秘密，就絕對不會眞正快樂，心理負擔會越來越重，終於會崩潰。」

小郭在向白素大鼓其掌之前，還不忘狠狠瞪了我一眼。

小郭接下來又說了至少三分鐘恭維白素的話，不必覆述了。我知道小郭不能直接罵我，他稱讚白素有見地，就等於間接在罵我沒有認識了。

然後小郭又道：「事實上，游道聖雖然從來也沒有出現過，可是在結婚十周年的那天，陳名富已經把一切事情都向盧喜鵲坦白，盧喜鵲雖然感到意外，可是立刻原諒了陳名富，而且替陳名富保守這個秘密。在她臨死的時候，她還特地對陳名富說，她一生愉快幸福之極，一大半是由於她嫁了一個好丈夫！」

這一點倒很出乎意料之外，我哼了一聲，沒有說甚麼。

白素卻問：「陳名富的父母呢？還有陳名富如果對自己的行爲有信心，他應該主動去尋找游道聖！」

小郭激動得高舉雙手：「他就是委託我去找游道聖，我才認識他們夫妻的！」

這又出乎意料之外——當白素提出陳名富會去主動找游道聖時，我認爲絕無此可能，卻不料陳名富眞的有這種行動。

我「嗯」了一聲，隨口問：「那是甚麼時候的事情？」

小郭大聲道：「二十五年之前，我的偵探事務所才成立不久之後的事情！」

我聽了，心中很不是味道，也提高了聲音：「原來如此，你居然從來沒有對我們說過，眞好！眞好！」

小郭又漲紅了臉：「開始時他只不過是一個普通的委託人，我沒有必要向你提起。後來他們兩夫妻把這個秘密告訴了我們，並且要求我們不能向任何人提起，我們既然答應了，當然就應該遵守諾言。」

他這樣說，更令得我氣惱，我認爲我和小郭這樣的交情，應該是到了無話不可說的地步了，卻原來那只是我的一廂情願！

我的心口像是被甚麼東西堵住了一樣，一時之間幾乎連呼吸都感到困難，當然更是一句話也說不出來。

白素在這時候問：「你說『我們』，除了你，還有……」

小郭吸了一口氣：「還有我的妻子。」

他說了之後，頓了一頓，又道：「我相信游救國夫婦由於心中有這個秘密，承受了很大的壓力，需要紓解，又在長期交往之後，感到我們夫妻可以保守秘密，所以才把這件事告訴我們的。這也是他們認了我妻子爲乾女兒之後的事情。」

我越聽越不是味道，一開口，語氣自然極壞：「原來這陳名富很有認乾親的癮頭，他自己想認游道聖做乾爸爸，又收了尊夫人做乾女兒！」

一聽了小郭剛才的話，當然可以明白何以在敍述的經過中，小郭處處維護陳名富了。

我說的那兩句話，雖然沒有任何罵人話在內，可是鄙視和不以爲然之意，卻誰都可以感覺得出來。紅綾就立刻道：「爸，別那麼說，我也是秀珍乾媽的乾女兒。」

我沒有說甚麼，只是冷笑幾聲。

如果說剛才曾經一度氣氛很僵，那麼現在已經到了幾乎翻臉的地步了。白素又想調和一下，可是她還沒有開口，小郭滿臉怒容，霍然起立，伸手指着我，大聲道：「我知道你是因爲我一直沒有向你說起過和游救國夫婦的交往，所以不高興。可是你也不想想你自己是甚麼樣的人！」

這傢伙我看是吃錯了甚麼藥了，竟然說出這樣不倫不類的話來！白素不但連連向我打眼色，而且來到了我的身邊，可是仍然不能阻止我勃然大怒。

我喝問：「我是甚麼樣的人？」

小郭應聲回答：「你對任何事情都要追究，不論事情和你有沒有關係，也不理會別人是不是想保守秘密。事情給你知道了，就他媽的等於全世界都知道了！」

我立刻回敬：「你全說對了！奇怪的是現在你他媽的爲甚麼又把這種陳年臭事拿來告訴我這樣的人！」

白素也罕有的提高了聲音：「兩位，有孩子在！」

紅綾伸了伸舌頭：「不要緊，他媽的——不算是粗話。」

溫寶裕接着道：「就算是他奶奶的，也還不算是粗話。」

他們這樣說，當然是想大家輕鬆些，會發笑，可是由於衝突相當嚴重，所以不起作用。

在我的質問下，小郭雙拳緊握，突然之間神情變得沮喪之極，聲音乾澀，道：「誰叫我有事情要求人！」

說了之後，他轉身向門口就走。一看到他的這種情形，我就知道他眞的有十分嚴重的事情需要幫助。而他來到，並不爽快把事情說出來，顯然是早就知道我聽了他和陳名富的交往一直沒有告訴我，會使我不高興，所以才曲曲折折的「說故事」，誰知道結果還是不免如此！

而若非他需要求助的事情十分嚴重，他也不會如此委曲。

我不知道他有事情要求助，還可以發發脾氣。知道了他需要幫助，再發脾氣，就不是人了。

這樣一想，立刻心平氣和，在小郭還沒有伸手去開門的時候，我就很誠懇地道：「小郭，你不要走，是我不好，一大把年紀了，還那麼小器，我向你道歉，對不起。」

我說着，紅綾已經一躍而起，在小郭的身後將他一把抱住，提了起來，在我面前把他放下。小郭苦笑：「你們父女二人，也太霸道了。」

我也苦笑，向他鞠躬：「如果我霸道，怎麼會向你鞠躬道歉！」

小郭也向我一鞠躬：「是我不好，先說粗話！」

他說着，還向紅綾和溫寶裕瞪了一眼，兩個小傢伙做了一個鬼臉。

氣氛總算好轉，小郭定了定神，準備開口，廚房那邊忽然傳來了老蔡的喧嘩鬼叫，一時之間也聽不清楚他在叫些甚麼。當叫聲從廚房迅速向客廳移來的時候，更是震耳欲聾。

老蔡撒手撒腳走了出來，看到了我們，一面拍手，一面頓足，叫嚷道：「真是見鬼了！這水龍頭這幾天也不知道發甚麼神經，要不就是出來的水比老太婆——」

不等他說完，我和白素已經齊聲大喝：「老蔡！」

老蔡兩手一攤，大聲道：「現在索性沒有水了，叫我怎麼淘米煮飯？」

白素笑了一下：「那就不要煮了，我們出去吃，你要是不想去，我們替你帶吃的回來。」

老蔡不以爲然：「這沒有自來水，日子就難過！」

白素道：「報上有登，最大的蓄水湖出了些問題，暫時不能供水，所以才會如此。這蓄水湖本來負責供應全城六成的食水，現在全城供水都緊張無比，我們只好忍耐一下。」

白素眞有耐性，詳細解釋給老蔡聽，老蔡還想糾纏不清，我大聲道：「老蔡！我們有要緊的話說，你別打岔！」

老蔡還是十分不滿，不過總算走了開去。

小郭這才道：「游救國夫婦沒有兒女，而我們又沒有父母，所以交往久了，感情和一般朋友不同，這才認了乾親的。」

剛才我曾出言諷刺，這時候自然不敢再說甚麼了。

我很想問小郭究竟有甚麼事情要求助，可是白素施眼色叫我不要開口。

小郭頓了一頓，繼續往下說。

原來陳名富冒充了游救國之後不多久，就想聯絡自己的父母，可是那時候戰火連天，完全無法獲得家鄉的消息。不多久這個環境特殊的城市也被日本軍隊佔領，更加無法有任何行動。

等到戰爭結束，陳名富由於把資金轉移得好，所以銀號很快就恢復元氣。

陳名富先開始尋找他的父母，然而得到的結果，十分悲慘，他的家鄉經過日本兵的蹂躪之後，十室九空，居民死的死，逃的逃，完全沒有了消息。

陳名富派出去的人，拍回來的照片，根本看不到一所完整的房舍，不但父母不知下落，連稍爲有一點關連的人都找不到了。

陳名富又企圖和當年學校的師長和同學聯絡，也同樣沒有結果。只知道全體師生的確全都投入了抵抗敵人的戰鬥，而結果可能同樣悲慘。

陳名富那時候還沒有向妻子盧喜鵲坦白他冒充游救國的事情，所以這一切都在偷偷進行。他曾從盧振中的遺物中找到以前游道聖寫來的信，有一封附有地址，是河北唐山。

陳名富也派人到唐山去過，可是根本沒有那個地址。也沒有人知道有游道聖這個人。

等到陳名富向妻子說出了自己冒充他人的秘密之後，尋找的規模更大，可是也沒有結果。

後來，他們找到了小郭，把尋人的任務交給小郭，等到他們和小郭夫婦的關係發展到很親密的時候，小郭當然傾全力想把人找出來。

然而隨着時間的過去，找到人的希望越來越渺茫，漸漸地變成了完全沒有可能。

小郭說到這裏，停了下來，攤了攤手。

我們雖然已經聽小郭說了全部故事，可是仍然不知道他目的何在，更不知道他要向我們求助甚麼。如果說他想我們幫他尋人，那麼老實說，他自己找人的本領遠在我們之上！

由此可知他一定另外有事，所以我們都等他說下去。

小郭搓着手：「最近在游救國——陳名富……那裏發生了一些事，我無法幫他解決，所以來向你們求助……」

他說到這裏，向我望了一眼：「我知道你一定會尋根究底，所以才先把有關游救國——陳名富的一切告訴你，當然他是同意的。雖然我認爲現在發生的事，和以前的事沒有關係。」

我們四人齊聲問：「最近發生了甚麼事情？」

小郭的神情很猶豫，像是不知道該如何說才好。我笑道：「吵架也吵過了，還有甚麼不好說的！」

小郭苦笑：「是事情本身很難說明——近來，最近一個月來，游救國，我習慣稱他游救國，事實上那麼多年來，他也習慣自己是游救國而不是陳名富——」

他還想解釋下去，包括白素在內，我們一起叫道：「廢話少說！」

小郭吸了一口氣，又頓了一頓，這才道：「最近一個月來，游救國老是感到有一隻鬼跟着他。」

小郭神情嚴肅，說得十分認眞，可是我們一聽，卻忍不住哈哈大笑起來。

鄭而重之地說了半天，結果卻原來是那麼一回事，小郭的樣子越是認眞，就越是好笑。

四人之中又以紅綾的笑聲最大，簡直可以把整間屋子中所有玻璃震碎。

小郭也在笑，不過卻是苦笑。

就在各人的笑聲之中，我隱約聽到了門鈴聲——它可能已經響了很久，為笑聲所掩蓋，所以聽不見。

我一面笑，一面道：「有人來了。」

紅綾跳了起來，過去開門，笑着道：「看啊！就是跟着游救國的那隻鬼來了！」

她打開門，也沒有看清楚門外是誰，就衝着門口做了一個鬼臉，倒把門外的那個人嚇了一跳。

我向門外望去，看到在門口連退了三步的那人，是青年警官張泰豐。這張泰豐近來連連升級，已經代替了黃堂的位置。

我也覺得張泰豐很能幹，對他頗有好感。這時候張泰豐看見扮鬼臉的是紅綾，無可奈何地笑了一下。

我第一眼就留意到張泰豐的神情十分凝重，笑了之後，仍然是如臨大敵。

紅綾伸手，一把將他拉了進來。看張泰豐的神情，就知道他不是順便來看望我們，一定是有事情而來。果然他才一進來，就直來到我的面前。

## 四、見鬼

張泰豐還沒有站定，就急不及待地道：「衛先生，有一件事，非常需要你的意見。」

我還沒有問是甚麼事情，在一旁的小郭已經大聲喝道：「喂！你這個人懂不懂禮貌？」

張泰豐愕然：「我哪裏無禮了？」

小郭十分焦躁，厲聲道：「我們正有事情在商量，你一進門就不管三七二十一，打斷我們的話題，這還不算無禮？」

小郭剛才說有一隻鬼跟着游救國，令得我們大笑，他可能憋了一肚子氣，這時候就全出在張泰豐身上了。

我故意不出聲，看張泰豐如何反應。張泰豐怔了一怔，立刻向小郭行敬禮，道歉：「對不起，我沒有留意。」

小郭氣猶未消，一揮手，道：「走開！到一邊涼快去。」

小郭的態度惡劣至於極點，張泰豐苦笑，並不生氣，還放軟了語氣，和小郭商量：「我需要聽衞先生意見的事情，和幾百萬人的生活有關，早解決一刻好一刻！能不能讓我先說？」

同樣的話，如果出自溫寶裕之口，我根本不會放在心上。可是以我對張泰豐的認識，我知道他絕非說話誇張的人。那麼如他所說，幾百萬人生活受影響，就是很嚴重的大事情。

我向小郭望去，小郭神情不屑，冷笑道：「有沒有那樣嚴重！」

張泰豐急急道：「嚴重之極，實在不能再拖下去，已經有些地區斷了食水供應，如果再不做決定，全城都要斷水了！」

從張泰豐口中說出這樣的話來，聽到的人全部愕然。白素揚了揚眉，我知道她和我一樣，立刻想到了剛才老蔡的投訴。

事實上食水供應的不正常，已經持續了很久，民眾怨聲載道，而有關方面一直沒有詳細的解釋，只說是最大的蓄水湖出了一些問題，全城供水要由其他的蓄水湖負責。現在聽張泰豐這樣說，其他的蓄水湖可能已經沒有存水，所以才出現了斷水的情形。

這一點很容易明白，可是令人不解的是，斷水和警方有甚麼關係呢？看來其中很有文章。

溫寶裕首先問道：「你調到水務局去工作了？」

張泰豐苦笑：「溫先生，我沒有時間和你開玩笑，事情很嚴重，衛先生，請你聽我說——」

我再向小郭望去，小郭雖然不願意，可是也沒有出聲，顯然他也感到事情大有古怪，而且有關民生，只好讓他先說。

張泰豐略停了一停，小郭才道：「用最簡單的方法來說！」

張泰豐連連點頭：「在三十二天之前，午夜時分，大蓄水湖的管理人員，發現在最大的聚水道口，有人放置了大量不知名物體，那時候正是連場豪雨之後，聚水道中的水像萬馬奔騰一樣——」

小郭喝道：「不必使用形容詞了！」

張泰豐道：「我只是想說明，當時的情形是管理人員雖然發現了這種情況，可是無法制止。」

我也感到張泰豐敍事的能力頗差，因爲他說了不算少，可是沒有說到事情的中心，中心是放到蓄水湖中去的是甚麼東西。我想追問，可是卻被白素阻止。

我知道白素的意思，不讓我問，是怕我越問，張泰豐就越說不清楚。

我忍住了不出聲，張泰豐繼續道：「不知道是甚麼人用了甚麼方法把那些東西放在聚水道下面的，看來是想運用聚水道中沖下來的水，去沖刷那些東西——」

他說到這裏，我勉強還可以忍得住，紅綾卻忍不住了，她大聲道：「說了半天，那些東西究竟是甚麼東西？」

溫寶裕大力鼓掌，顯然那也是他想問的問題。

張泰豐攤了攤手，神情苦澀：「就是不知道那些東西是甚麼東西！」

白素嘆了一口氣：「讓他說，別打斷了他的話頭！」

紅綾張大了口，看來她要很努力，才能不再出聲。

張泰豐這才說下去：「根據四個當時看到那種特異情形的管理人員的口供——經過反覆隔離盤問，他們四人的口供完全一致，沒有使人不相信的理由。」

張泰豐他非要慢慢說，我們再心急也無可奈何。

張泰豐也看出我們的神情很不耐煩，他苦笑道：「由於事情真的十分特別，衞先生如果肯移駕到大蓄水湖去，在現場由那四個管理人員解說，就容易明白得多。」

我拒絕：「我想我的理解力還可以，你只要不再兜圈子，說得爽快些，我們這裏幾個人都可以明白。」

張泰豐長長地吸了一口氣，比着手勢：「我們常常在碼頭上看到貨物起卸，用一張很大的網，把貨物放在網中，用起重機吊來吊去——」

他說到這裏，我們都不禁面面相覷，因爲要他爽快些說，他竟然越扯越遠了！

張泰豐一面說，一面還連連打手勢，要我們別打斷他的話頭。

他繼續道：「這種網，容量很大，可以放下幾十個一公尺見方的大箱子，情形就是有人把這樣的一個大網，網中有幾十個箱子，放到了聚水道的下面。」

他越說神情越是緊張，我道：「那有甚麼大不了！只要有一輛起重卡車，就可以做到這一點了。」

白素道：「我看問題是在於那幾十個箱子裏面是甚麼東西！」

張泰豐連聲道：「是！是！這才重要。」

我沒好氣：「那麼究竟是甚麼東西？」

這個問題我已經提出過好多次了，張泰豐如果能掌握重點，一開始就應該說出是甚麼東西。

可是直到這時候，他對這個問題的回答竟然還是：「不知道，不知道那是甚麼東西。」

我和小郭有點忍無可忍，白素向我們揮手，問張泰豐：「是取起了那些箱子，打開之後，看到了裏面的東西，可是不知道是甚麼？」

張泰豐搖頭：「不是。情形是那些箱子不知道是用甚麼材料做的，竟然會在水流的衝擊之下溶解！在那四個管理員看到的時候，網中的箱子可能只剩下了一半，而剩下的那一半，也在迅速溶解之中。」

張泰豐所說的情形確然十分特殊，我在腦中構想出那種奇特的畫面，立刻問道：「箱子會溶解，箱子裏面難道沒有東西？」

張泰豐吸了一口氣，神情更是嚴重：「有，他們起初看不清楚箱子裏面是甚麼東西，在取來了強力照射燈之後，才看清楚箱子裏全是一種淺藍色的結晶體，像是粗鹽。那種東西在水裏溶解的程度更快，一被水沖進蓄水湖中，立刻就溶化在水裏不見了！」

等張泰豐說到這裏，我和白素、小郭都站了起來，感到了事情的嚴重性。照張泰豐所說的箱子中的東西，像是甚麼化學品，有那麼多的化學品溶進了蓄水湖中，事情可大可小——如果有毒，那就是巨大的災難了！

而這時候我也知道何以近來供水的情形如此糟糕，一定是有關方面在接到了報告之後，就停止了大蓄水湖的運作。而大蓄水湖負擔了百分之六十的供水任務，一旦停止供水，整個城市的供水情況自然糟糕透頂！

現在看來已經到了無水可用的程度，自然嚴重之極。

不過照張泰豐所說，事情已經發生了一個月有餘，難道還不知道被溶在蓄水湖中的化學品是甚麼成份？

我們都等着張泰豐說下去。

張泰豐雙手握着拳：「四個管理員看到了這種情形，自然吃驚，立刻向上級報告。可是由於情形奇特，很花了一些時間才使上級明白發生了甚麼事，等到上級人員趕到，所有箱子和裏面的結晶體，都已經溶解在水中，宛如春夢了無痕，只剩下那張大網——如果不是還有那張網，根本沒有人會相信那四個管理員所說的情形。有關方面通知警方，我在凌晨三時趕到現場。」

張泰豐敍事的方式，雖然使人不耐煩，可是有一個好處，就是能夠將事情說得清清楚楚。

他略停了一停，才繼續：「到天亮，我召集了專家，很快就肯定有一輛載重超過十噸的重型卡車，曾經沿着大蓄水湖行駛，駛到聚水道旁邊停下，地上有明顯的車痕，估計溶解進蓄水湖中的化學品，在八噸到十噸左右。」

張泰豐嘆了一口氣：「再根據大蓄水湖的蓄水量來計算，蓄水湖中的水，含這種結晶體的分量達到50－75PPM左右，也就是百萬分之五十到七十五。」

紅綾搖頭：「就算是毒性普通的藥物，也足以令人致命，是甚麼人幹這種可怕的事情！」

這次輪到我不要紅綾打岔，我問：「是甚麼性質的化學品？化驗的結果怎麼樣？」

「發生了這樣的事情，不管事情如何奇特，唯一處理的方法，就是先立刻停止大蓄水湖的供水，然後第一時間進行化驗，弄清楚溶在水中的是甚麼東西。

事情已經過去了一個多月，化驗的結果應該早就出來了，而大蓄水湖還沒有恢復供水，由此推測，化驗的結果一定十分驚人。

可是張泰豐的回答卻出乎意料之外，他道：「化驗工作在第二天就開始，二十四小時之後就有了結果，結果是甚麼也沒有。」

我怔了一怔：「甚麼叫做甚麼也沒有？」

張泰豐吸了一口氣：「甚麼也沒有，就是蓄水湖中的水，除了正常的成份之外，並沒有任何物質增加，也沒有發現任何有害、有毒的成份，完全就像是甚麼事情都沒有發生過一樣！」

我說：「那一定是化驗工作不完善！那麼多化學品溶進了水中，就算是最普通的氯化鈉，也應該可以驗得出來。」

張泰豐並不十分理會我的意見，他像是在自顧自說下去：「化驗工作在本地反覆進行了七次，結果都是一樣。在這個期間並且多次用各種動物進行試驗，也用大蓄水湖中的水來飼養幾種對水質最敏感的魚類，也都沒有發生任何問題。」

張泰豐說到這裏，向我們望來，我先道：「有這樣的化驗結果，很可能是化驗工作查不出那種化學品，而用動物來試驗，需要長時間的觀察，有許多可以致癌的物質都要一年或者更多的時間才會發作。」

張泰豐點頭：「正是因爲考慮到了這一點，所以儘管化驗結果表示水質正常，還是不敢決定恢復供水。有關方面把水送到了超過二十個國家去進行重複化驗，結果和本地所作的化驗結果一樣：水根本沒有任何不正常的成份！」

白素皺着眉，紅綾瞪大了眼睛，小郭也暫時把他的事情放在一邊，在思索。溫寶裕伸手指向天，看來準備發表長篇大論，我連忙打手勢阻止他開口，搶着道：「我記得若干年前，有一件案子，是有人在蓄水湖下毒，然後勒索，後來被木蘭花姐妹粉碎，是不是有人又來這一套？」

張泰豐搖頭：「開始我們也有這樣的設想，可是一直沒有任何人來提出要求。

那個把大量化學品放進了蓄水湖的人，他的目的好像就是為了要把化學品放進去而已！」

我思緒十分紊亂——我不讓溫寶裕說話，是怕他說出話來不着邊際，可是其實我自已也好不了多少。

我也是想到甚麼就說甚麼，突然道：「用重型起重卡車，把那麼多物品放到聚水道，需要相當長的時間，那四個管理員居然在事後才發覺，眞是荒唐透頂！」

張泰豐回答：「有規定是每小時巡查一次，由於沒有人會料到有這樣的事情發生，一小時一次巡查已經非常足夠，而有一小時的時間，也就很足夠放下那些化學品了。」

我道：「那說明做這事情的人，對每小時巡查的制度有了解，他必然在事先曾經進行過仔細的觀察，有沒有報告說在事先發現有可疑人物出現？」

張泰豐忽然現出很古怪的神情，吞了一口口水，欲言又止。

他的這種表現實在令人莫測高深，大家都望定了他。張泰豐想了一想才道：「事情發生之後，成立了一個應變小組，其中警方負責各方面的調查，也曾廣泛地查過衞先生剛才提出的問題。」

我重重頓足：「你就乾脆把查到的結果說出來吧！別再兜甚麼圈子了！」

張泰豐感到很委曲：「因爲查到的資料很無稽，所以警方並不考慮——有兩個晚間在蓄水湖附近談戀愛的男女，說是在事情發生的兩天之前，在蓄水湖邊上遇見過鬼！」

我聽了實在啼笑皆非，忍不住脫口道：「眞是見鬼！」

白素在這時候，忽然站了起來，我向她望去，看到她想說甚麼，可是又沒有說出來。這情形分明是她想到了一些東西，可是一時之間卻又說不上來——這種情形在思考過程中常有出現。

等了一會，白素沒有說甚麼，又坐了下來。我就繼續問張泰豐：「大量化學品的來源，應該不難追查。」

張泰豐苦笑：「查了，沒有結果。」

在這時候出現了短暫時間的沉默，然後張泰豐說：「大蓄水湖不能一直停止供水，究竟是應該恢復供水還是繼續停止，在緊急處理小組中意見分歧，我提議來徵求衛先生的意見，大家都表示同意。」

我不禁苦笑：「這也未免太看得起我了吧！」

張泰豐卻很認眞，一點也沒有「吃豆腐」的意思：「無論如何要請衛先生發表意見——在緊急處理小組中，贊成恢復供水和不贊成的人數恰好相等。大家都同意由衛先生來投決定性的一票。」

我心中想：這些人簡直不負責任至於極點！那樣重大的事情，竟然交給我這樣的一個平民百姓來決定，眞是豈有此理！我當然沒有這個責任來決定是不是供水！

我一面想，一面向白素看去，只見白素正在和小郭不知道低聲商量些甚麼。我提高了聲音：「我完全沒有責任來決定這樣的事情，我沒有意見。」

正在說着，老蔡又走出來大聲道：「這沒有水的日子怎麼過啊！再沒有水，全城的人都得渴死！」

張泰豐搭腔：「渴死是不會的，整個城市會變成甚麼樣，卻誰也不能預料！」

我向着他冷笑：「不管你怎麼辦，我不會投這一票，不過整件事我一定會追查到底。」

張泰豐吞了一口口水，遲疑道：「事情如此古怪，會不會是……是……」

一看到他那種鬼頭鬼腦的神情，我就知道他想說甚麼了。我搖頭：「外星人如果想在蓄水湖中做手腳，我想不至於要動用數以噸計的化學品，不必從那方面去想！」

張泰豐苦笑：「可是明明有東西溶進了水中，為甚麼會化驗不出來？所以我想有可能溶進了水中的東西，根本不是地球上的物質，所以才會有這樣的情形。」

我也不禁苦笑——張泰豐所說，不能說是沒有理由。

通過化驗，檢驗出某種物質的過程，本來就是一種還原過程。

這種過程的產生，是由於先知道有A物質，會有A反應，然後才知道有了A反應，就必然有A物質的存在。

如果是一種根本不為人所知的物質，當然也就沒有任何化驗方法獲知它的存在。

假設溶進水裏的物質是一種新的、不為人知的物質，那麼用已知的方法來化驗，當然不會有任何結果。

而不爲人知的新物質，自然有可能來自外星，不過同樣也有可能是地球人新的發現、新的合成。

如果不是那四個管理員胡說八道，情形就比想像的更嚴重。

而張泰豐一再強調，那四個管理員沒有說謊的任何動機，而且經過反覆盤問，也都通過了測謊試驗，所以應該相信他們所說的一切，也就是說確然有大量結晶體溶入了蓄水湖。

既然知道確然發生過這樣的事情，其實很容易得出應該如何處理的結論。

在經過了一個月之後，雖然表面上看來像是甚麼事情都沒有發生過一樣，可是那絕不代表不會有事情發生，因爲確然有大量結晶體溶進了水中！

在沒有弄清楚溶進水中的是甚麼東西之前，蓄水湖的水就不應該供人飲用或者使用，因爲沒人能夠知道會發生甚麼樣的後果。

我在想到這裏的時候，白素忽然問張泰豐：「在緊急處理小組之中，你是贊成恢復供水，還是反對？」

張泰豐舉起手來，大聲道：「我反對，竭力反對！因爲既然知道有東西進了蓄水湖，在沒有明白那是甚麼東西之前，不應該冒險！」

張泰豐說的，和我剛才所想的一樣。

而出乎意料之外的是，我剛才無法決定，不肯「投票」，白素的態度卻十分堅決，她道：「你的想法很對！那些急於恢復供水的人非常不負責任，對於完全不可測的後果裝成看不見，等於是將頭埋在沙中的鴕鳥！」

一聽得白素這樣說，張泰豐興奮之極，手舞足蹈，大聲道：「有了衞夫人這番話，我想小組會有決定。」

白素又道：「大蓄水湖不供水，會使整個城市的生活和工業生產陷入極大的困境，緊急小組在不適宜公開眞正原因的情形下，要有很好的應付方法，不然會造成大混亂。」

張泰豐點頭：「我想總有負責的官員，會處理這種非常情況。」

白素吸了一口氣：「你可以向小組報告，我們這裏會盡一切力量來查這件事，如果在一個月之內，還沒有結果，那麼全城的人，也就只好聽天由命了！」

我聽了白素的話，心中不禁暗暗吃驚。因爲白素那樣說，等於是給自己下了一個限期——如果在一個月之內，追查不出結果，全城的人就要使用大蓄水湖中的水，會有甚麼的結果，眞的只好聽天由命了！

然而我迅速地想了一想，除了照白素所說的去努力之外，實在也沒有別的法子可想。大蓄水湖不可能永遠不供水，一個月的期限可以說是極限了。

想到這裏，我精神一振，感到眞的非全力以赴來查出眞相不可，我握着拳，舉起手來，表示支持。

張泰豐一面後退，一面向我和白素鞠躬，道：「我這就回去向小組報告！」

白素道：「等一等，我有一個問題要先弄清楚。」

我心想，白素果然說行動就行動，這就開始了。我深知白素的推理能力極強，她所要問的第一個問題一定十分重要，具有關鍵性。可是白素接下來所說的話卻令我莫名其妙至於極點，一時之間完全無法想像她爲甚麼要問這樣的一個問題！

白素問道：「你剛才說到，在事情發生之前，有一雙男女，說是在蓄水湖旁邊見過鬼，請把經過情形詳細說一說。」

剎那之間張泰豐神情之古怪，難以形容，顯然他也完全不能理解白素爲甚麼在如此緊急關頭，竟然會問起這種無關緊要的問題來。

他的神情又很快變成尷尬，期期艾艾，回答不上來。

白素皺了皺眉：「是不是警方完全沒有注意那一雙男女的投訴？」

張泰豐苦笑承認：「是，發生了這樣的事情，大家都忙得一頭煙，就沒有人去理會這種……這種……」

白素揚眉：「這種胡說八道，是不是？」

張泰豐點了點頭，我忍不住道：「這種見鬼的投訴，警方不加理會，十分正常。」

白素正色道：「可是這是事情發生之前唯一的古怪事情。在完全的漆黑之中，即使是一點螢火，也就是唯一的光明！忽略了這唯一的光明，很不智。」

張泰豐道：「我這就派人去和那一雙男女聯絡。」

白素道：「請他們到你的辦公室去，而我和郭先生會借你的辦公室用一用，在那裏會見他們。」

張泰豐連聲答應，急急離去，在門外傳來了他車子疾駛而去發出的轟然聲響。

本來我們好好的在聽小郭說游救國、陳名富和盧喜鵲的故事，被張泰豐來一打岔，由於張泰豐來說的事情十分嚴重，相形之下，小郭所說的事情只不過牽涉到了幾個人而已，就顯得微不足道了，我甚至於忘記了小郭剛才說到哪裏了。

張泰豐走了之後，我們一起望向白素，因爲事情是她承擔下來的，如何開始行動，要聽她指揮。

白素卻道：「小郭，你剛才說到最近游救國感到有一隻鬼跟着他，詳細的情形怎樣？」

隨便我怎麼想，我都想不到白素還會對游救國的事情有興趣，而且興趣也集中在那隻所謂跟着游救國的鬼的身上！

我非常可以肯定，小郭所說有一隻跟着游救國的「鬼」，並不是我們曾經研究、探索、對之有濃烈興趣的靈魂，而只是傳說中那種青面獠牙、面目恐怖、會嚇得人哇哇大叫的鬼。

對於那種鬼，我沒有很大的興趣，甚至於認爲並不存在——絕大多數都是人扮了來嚇人的。

不過一想到人可以扮鬼，我倒反而可以接受白素要追查那一雙在蓄水湖旁「見鬼」的男女，因為歹徒（稱把大量不明物體放到蓄水湖的人為歹徒，應該不會有錯）為了探索地形，有可能扮成了鬼，在蓄水湖附近活動，這確然是一個線索。然而跟着游救國的那隻鬼，實在不必深究了。

我想到這裏，在小郭回答之前，就先發出了一陣不滿意的聲響。白素當然完全可以明白我的意思，她微笑：「張泰豐去找那兩個見鬼的人，要一些時間。反正有空，讓小郭把事情說完了，不是很好嗎？」

我不斷搖頭。白素又道：「有人在蓄水湖邊遇鬼，游救國也見鬼，你不覺得兩者之間，可能有聯繫？」

當時我聽得白素這樣說，簡直當成是天方夜譚，我伸手在自己頭上拍了一下，表示不能接受。

連一向可以接受任何不合理假設的溫寶裕也搖頭，揮着手：「天地之間，鬼靈億萬，哪裏會這樣巧！」

我接着道：「那游救國只是感到有鬼跟着他，並不是見鬼！」

白素道：「剛才我問過小郭，小郭說游救國起先只是感到有鬼跟着他，後來卻見了那隻鬼，而且還不止見一次。」

剛才白素確然曾和小郭低聲交談，可是誰也想不到她會向小郭問這些。

小郭已經連聲道：「是，游救國見鬼，眞的見鬼！」

我低聲重複了一句：「眞的見鬼！」

小郭不理會我，說游救國見鬼的詳細情形。

感到有一隻鬼跟着自己，這種感覺很難用言語表達。

# 五、捉鬼

所以游救國一開始有這種感覺的時候，他沒有向任何人提起。事實上他自己也很恍惚，不能肯定是怎麼一回事，更不曾想到是有鬼在跟着他。他只是感到好像總是有人在監視着他，不論是在光亮的地方還是黑暗的所在，都有一雙眼睛在盯着他看，注視着他的一舉一動。

這種感覺雖然捉摸不到，可是也揮之不去，令得游救國坐立不安，不舒服至於極點。

游救國由於是冒充的身份，雖然這種冒充的身份隨着時間的過去，已經沒有可能被揭穿了，可是他自己始終心中發虛，所以他一直不喜歡和人交往，已經到了出名孤僻的程度。他和小郭夫婦的交情，對他來說，是唯一的例外。小郭夫婦可以說是他僅有的朋友和親人。

可是儘管他和小郭夫婦關係如此密切，當他有這種感覺的時候，他也無法向小郭夫婦傾訴，因爲連他自己都弄不清楚究竟是怎麼一回事。

好幾次他感到在自己的背後有眼睛在盯着他，甚至於盯得他毛骨悚然，可是當他回過頭去，身後卻甚麼也沒有。

更有幾次，他不但感到身後有眼睛盯着，而且甚至於還可以感到有一絲一絲的氣，在他的頸子後面盤旋，不是很涼，也不是很熱，那種溫溫乎乎的感覺，就像是有人離他身後極近，向他的後頸在緩緩呵氣一樣。

這種情形更是要命，游救國會不由自主驚呼，反手向後面亂揮，然後疾轉過身去，可是每次都一樣——甚麼也沒有。

游救國感到了極度的恐懼，他完全不知道發生了甚麼事情，精神瀕臨崩潰，有時候根本沒有這種感覺，他也會無緣無故大叫。

由於他一直冒充他人的身份，常言道：做賊心虛，他感到自己一定是報應到了。

他一想到了「報應」，反而心情比較平靜。因為他雖然一直為冒充他人身份而心虛，可是冒充身份之後的幾十年，生活卻是快樂無比——以他原來陳名富的身份，這樣的日子即使在夢境中也不會出現！

所以他從來也沒有後悔過，他感到就算報應來到，他也很值得，幾十年快樂的日子，也應該結束了，如果眞有陰世，可以和妻子相會，只有更加美妙。

在這樣情形下，當他再一次感到就在他身後距離極近，又有甚麼東西使他產生連日來那種感覺的時候，他並不立刻轉過身去，只是大聲道：「我不知道你是甚麼東西，也不知道你想做甚麼，現在我告訴你，我活夠了，不論你想做甚麼，只管放馬過來！」

他說完之後，感到身後有東西的感覺更是強烈，和以前那種虛無飄渺又有所不同。

他幾乎可以肯定，就緊貼着他的背後，有東西在！

他感到頭皮陣陣發痳，全身又冷又僵，不過他還是鼓足勇氣，疾轉過身去。

他一轉過身，就看到在眼前是一張可怕之極的鬼臉——由於距離太近，他和那鬼臉，幾乎鼻子碰到了鼻子……不，不，是他的鼻子幾乎碰到了那張鬼臉，而鬼臉上根本沒有鼻子。

游救國張嘴想大叫，可是他不肯定自己是不是眞的有聲音發出來，因爲在鬼臉的那一雙幽光閃閃的眼睛注視下，他才一張開口，就昏了過去。

在他剛才說那一番話的時候，好像很瀟灑、很大膽、甚麼也不怕的樣子。其實那時候他還存着希望，希望連日來的那種感覺，只不過是自己疑心生暗鬼，實際上根本沒有甚麼東西在他的身後。

他沒有料到轉過身之後，眞的會看到了那樣可怕，五官不齊的一張鬼臉！

要知道，感覺到有鬼和眞正看到了鬼是完全不同的兩回事。眞正看到了鬼的震驚和恐懼的程度，比只是感到有鬼要厲害千百倍！超過了游救國所能承受的極限，所以他昏了過去。

那時候是晚上，游救國一個人在書房，他昏過去，也沒人知道，等到他自己醒過來時，天已經濛濛亮了。

他昏迷不醒，竟然有將近七小時之久。

他醒過來之後，有至少一分鐘的時間分不清自己是在陽世還是在陰間。

等他定下神來之後，才發現自己還活着，沒有被嚇死。他回想被嚇昏過去前發生的事，仍然遍體生寒。然而他畢竟是已過了古稀之年的老人了——除了少數以爲自己可以永遠活下去的老白癡之外，絕大多數老年人到了這個年紀，都有一定的智慧可以看穿生死，知道死亡是必然會來臨的事情，所以對於死亡不會十分害怕。游救國會被那鬼臉嚇得昏過去，是因爲他實在毫無心理準備，再加上那鬼臉實在太恐怖的緣故。

他在仔細想了一會之後，覺得那種情形除了是見鬼之外，沒有別的解釋。這種肯定反而使他的恐懼程度降低——正如剛才所分析，人到了自己都快要變鬼的年齡，對鬼的恐懼程度自然相應減弱。

游救國想到的是，他可能陽壽快盡了——民間傳說人在接近死亡之際容易見到鬼，他想自己就可能處於這種情形下。

他並不畏懼死亡的來到，他根本沒有任何牽掛，自從幾十年前冒充他人的身份之後，他原來的親人，早就完全失去了聯絡，生死不明。

他並沒有子女，在妻子逝世之後，他早已立下遺囑，把財產以游道聖、游救國、盧振中、盧喜鵲的名義，成立一個基金會，專門幫助失學青年。

目前他唯一的親人就是小郭夫婦，所以當天他就把小郭夫婦找來，告訴他們這種情形，並且說出自己的想法，要小郭夫婦負責那基金的運作，以及辦理他的後事——最主要的是他要和盧喜鵲合葬。

小郭聽游救國所說的經過，雖然他並不是不相信有鬼魂的存在，可是他卻感到事情並非百分之百的「見鬼」。

反而是游救國笑着對他說：「不是鬼是甚麼？我想通了，並不害怕——我年逾古稀，可以說行將就木，還有甚麼可怕的？如果這位鬼先生再來，我要問問他爲甚麼要來找我，是不是每個快死的人都會有鬼來纏身？還是他知道我也快變鬼了，所以先來打打交情？還是他在陽世有甚麼牽掛未了，要託我做些甚麼？」

游救國這一番話說的灑脫之極，簡直已經勘破生死，我在聽小郭轉述到這裏的時候，心中對他佩服不已。

而當時小郭卻只好苦笑——游救國一口咬定說那是鬼，小郭雖然感到可疑，但是也說不出所以然來。

游救國又道：「你不是有一個好朋友叫衞斯理的嗎？我看過他的一些記述，他好像對人鬼交流很有興趣，如果那位鬼先生再來，我一定嘗試和他交流，如果沒有被他抓走，我會把經過告訴你，你可以轉告他，或許可以作爲他那些記述的一部份。」

小郭自然而然搖頭：「衛斯理對甚麼事情都要尋根究底，你把現在見鬼的事情告訴他，他就會先去查你外婆的乳名叫甚麼！」

這小郭眞是可惡，竟然在背後用這樣的語言形容我。

我狠狠地瞪了他一眼：「太過分了！」

紅綾卻肆無忌憚地哈哈大笑，溫寶裕總算知道轉過身去，白素則微笑。

小郭道：「現在我把當時的情形告訴你，證明我不是背後這樣說你，當面也是這樣說。」

我冷笑幾聲：「眞是好朋友交情！」

小郭攤了攤手，也不知道他這樣的動作是甚麼意思，多半是表示他心中對我的認知確然如此，無法作虛僞的掩飾，眞是豈有此理！

卻說當時游救國道：「那也無所謂，我冒充別人，過了幾十年，眞眞假假，已經完全沒有分別。人的名字只不過是一個符號，人的身份在死亡之後都是一個死人。開始的時候，總是怕被人看穿自己是冒充的，現在還有甚麼關係？」

小郭無話可說，想了一想，才道：「要不要我們來陪你？」

游救國搖頭：「不用，在我去了之後，你們也不必傷心，照我的吩咐去做就是。」

小郭說到這裏，頓了一頓：「他在見鬼之後，十分認眞地認爲自己即將死亡。一個人，尤其是一個老人，如果認定自己即將死亡，就會在心理上產生巨大的壓力，使生存的意志消失，結果會形成死亡眞的很快來到。」

我吸了一口氣，溫寶裕已經叫出來：「你的意思是，有人用這種方法，想游救國早死——謀殺！」

小郭道：「我確然這樣想。」

我哼了一聲：「先別說你想些甚麼，游救國究竟有沒有再見到那位鬼先生？」

小郭點了點頭。

游救國在當天晚上就再次見鬼。那天，在白天他向小郭夫婦說了他見鬼的經過之後，心裏更是平靜，到了晚上，他在書房，故意不開燈，等候鬼先生大駕光臨。

到了接近午夜時分，背後有東西的那種感覺強烈襲來，他吸了一口氣，雖然說不害怕，可是感覺總很不自然，他居然用了句老笑話中的句子來做開場白：「你來了嗎？請坐！請坐！」

在他的身後沒有任何聲響，游救國吸了一口氣，心情更平靜，膽子也更大，他本來甚至於還想引用《聊齋》中的故事，說上次見過他之後，實在覺得太恐怖，所以不想再見，也就不轉身了。不過他立即想到說人的容貌醜陋是很不禮貌的事情，和鬼交流，當然可以以此類推，所以他就忍住了沒有說。

他道：「你是來帶我走的吧？我已經準備好了，隨時可以跟你走，只是不知道是怎樣一個走法？」

說了之後，身後還是沒有任何聲響，可是游救國覺得還是有東西在。他嘆了一口氣，繼續道：「我這一生，沒有做過甚麼虧心事——」

他這句話才一出口，就聽到身後傳來了一下隱隱約約的冷笑聲。本來他已經甚麼都豁出去了，根本沒有任何恐懼心理，可是那一下冷笑聲卻聽來幾乎就在他的頸後面發出來，這種情形詭異之極，也不禁令他剎那之間遍體生寒。

他定了定神，感到那是身後的鬼對他剛才那句話不以爲然的反應，他苦笑了一下：「那件事，雖然講出來絕不名譽，而且當時確然是爲了看到喜鵲，就魂不守舍，不由自主，自然而然做了出來，可是自問沒有對不起任何人。喜鵲和我一起生活，非常滿意，她從來沒有怪過我，反而很慶幸上天的安排，陰錯陽差使她一生都幸福快樂。而盧振中老先生含笑而逝，雖然他不知道我這個游救國是冒充，可是我相信他在九泉之下明白了眞相之後，必然哈哈一笑，覺得事情實在是老天爺的安排！常言道：人之將死其言也善，在如今這樣情形下，我實在不必再爲自己撇清！」

他一口氣說下來，說得很流利。在他說的時候，後面一點動靜都沒有，等他說完，才再隱約聽到了又一下冷笑，根據他剛才的判斷，那隻鬼可能對他的「臨終檢查」還是不滿意。

他想了一想，又道：「還有兩位，我一直感到多少有些對不起他們，這兩位是游救國和游道聖。我冒充了游救國的身份，可是最初我的目的是要向盧振中報告游救國的死訊，根本沒有想到過冒充這回事！那兩百大洋，除了花去的幾塊之外，其餘的我保存到現在。戰爭一結束，我就千方百計去找游道聖，可是這位游先生神秘之極，像是根本沒人知道他的存在，所以我也無法可施……」

游救國一發不可收拾，滔滔不絕的說下去，身後一直沒有動靜，游救國把這種情形理解為那隻鬼對他所說的話很有聽的興趣，所以他索性把幾十年前的事情從頭說起。

這一說，至少說了兩個小時，等到他講到他的財產全以四個人的名義成立基金，這才聽到身後傳來了一下輕輕的嘆息聲。

游救國在這時候才轉過頭來，他立即看到了那張鬼臉——那鬼臉本來離他很近，可是當他轉過頭來的那一剎間，在迅速後退，極快的隱沒在黑暗之中不見了。

他等了一會，沒有甚麼異狀，他就立刻通知了小郭夫婦，小郭夫婦隨即趕到，聽他說了經過。

游救國問了小郭一個問題：「現在這種情形，表示甚麼？」

小郭無法回答這個問題，他想了一想就很自然地道：「我不知道，我想衞斯理可能會有答案。」

這就是小郭來到我這裏的原因。

他說完了一切，過了一會，才補充了一句：「游救國說，爲了弄清楚是怎麼一回事，他一定儘量配合。」

我冷笑：「本來就是他自己的事情，甚麼叫作儘量配合，滑頭得很！而且他說話也不清不楚，老是說看到的是『一張鬼臉』，不知道是甚麼意思，難道那隻鬼只有一張臉不成？」

小郭現出十分古怪的神情，吞了一口口水，竟然點了點頭！

我盯着他，等他做進一步的解釋。

小郭道：「他告訴我，除了那張可怕之極的臉之外，他沒有看到別的東西。我也想過，覺得有兩個可能，一個是那鬼根本只有一張臉，另一個可能是鬼臉帶給他極大的震撼，使他完全無法注意鬼臉以外的一切。」

我早已說過，小郭所說游救國「見鬼」，並不是靈魂學上的研究，而只是「鬼故事」中的情形，現在看來果然如此。

小郭望着我：「你有甚麼假設？」

我沒有立刻回答，因爲我考慮到小郭和游救國之間的感情，剛才我不以游救國的行爲爲然，已經鬧了一場不愉快，所以要小心說話。我心中想說的是：人做了虧心事，就容易「見鬼」，尤其到了晚年，所做的虧心事，連想找一個人懺悔都做不到，心中的內疚無處發洩，在心理上就會形成陰影。

在這樣情形下，就會寧願見到一隻鬼，至少可以把心中的秘密說出來。

游救國所謂見鬼，就是那麼一回事。

我先把要說的想了一遍才說出來，以爲大家都會同意，卻不料反應奇差，紅綾這個不通人情世故的野人，甚至於大聲喝起倒采來。

其他人等雖然不同意我的分析，可是反應總還算含蓄。所以我就指着紅綾：「我的分析有甚麼不對？」

紅綾拍手拍腳，動作粗野：「游救國心中內疚，並非無處發洩，他不但早已向妻子坦白，而且也早已告訴了小郭夫婦！而且如果是他心中有鬼才見鬼的話，他應該見到的鬼是當年被他冒充身份的眞正游救國，而不應該是甚麼可怕的鬼臉！」

紅綾說了，白素微笑，溫寶裕和小郭鼓掌。

我笑了一下：「人死了變鬼，可以是任何樣子，那張鬼臉，也有可能是當年貞正游救國所變。」

紅綾笑道：「自相矛盾了！你剛才的分析是疑心生暗鬼，現在又承認真的有鬼了！」

我不禁無話可說，只好轉向小郭，問他：「你把這一切告訴我們，目的何在？」

小郭應聲回答：「請你們和我一起去捉鬼！」

我有點啼笑皆非，紅綾和溫寶裕卻興高采烈。白素道：「你怎麼知道那一定是鬼？」

小郭道：「不管是甚麼東西，總之要把它抓出來，我怕我一個人不成功，所以來請求幫助。」

紅綾首先跳了起來：「我去，去和你一起抓鬼！」

我感到事情很滑稽，跡近兒戲。可是白素卻很認真，問道：「你以為那鬼還會出現？」

小郭也回答得很正經：「我想是。」

我感到好笑：「有甚麼根據？」

小郭道：「那隻鬼出現，必然有目的，如今它的目的顯然沒有達到，所以它還會來。」

我知道小郭的想法和游救國一樣，以爲那鬼是來把游救國帶到陰間去的，現在游救國還沒有死，所以鬼還會來。

說實在的，整件事很是詭異，也具有相當程度的吸引力，可是我畢竟不是青春年少了，像捉鬼這種熱鬧事情，還是讓給與高采烈的紅綾去做吧！

我伸了一個懶腰，又大大地打了一個呵欠，用行動語言表示了我的心意。

小郭向我笑了一下，拉住了紅綾和溫寶裕，大聲道：「我們去！要是能抓到鬼，那是人類歷史上第一次實實在在有一隻鬼被人捉住，是歷史性的創舉！」

我知道小郭故意誇大其詞，是想我改變主意。然而我還是搖了搖頭，雖然有不少人都說我近來不怎麼好動，可是隨着歲月飛逝，人總會改變習慣的。想想白老大，當年四海飛翔，天下縱橫，不但哪裏有事去到哪裏，無風尚且要起三尺浪！可是現在可以經年累月只在鄉下地方曬太陽！

像這種做了虧心事的人見鬼那樣狗皮倒灶的事情，想要我打起精神採取行動，已經沒有可能。

在小郭帶着情緒高漲的溫寶裕和紅綾離去之後，我就是這樣向白素說的，白素望了我半晌，才緩緩地點了點頭。

我道：「游救國見鬼事件，遠不如蓄水湖中被人溶進了大量不知名物體來得重要——一天沒有把事情搞清楚，蓄水湖一天不能供水，問題嚴重之極。兩個小傢伙不知道分別事情的輕重，起鬨去捉鬼，眞是莫名其妙！」

白素吸了一口氣：「是啊，我剛才答應了張泰豐，要查出事情眞相來，應該開始行動了。」

我揚了揚眉，白素知道我的意思是問她準備如何開始——事情對我來說，簡直一點頭緒都沒有。白素顯然也不知道該如何開始才好，她眉心打結，想了一會，才道：「我先到大蓄水湖去看看——不知道會有甚麼發現，總是要去看一下。」

我點了點頭：「我聯絡最好的化驗所，聽說雲氏兄弟在歐洲的化驗所全世界最先進。有那麼多東西溶進了水中，總應該可以化驗出來的。」

白素沒有異議，於是她離去，我進了書房。

現代實用科學，在通訊方面的成就，相當出色，相隔數萬里，隨時可以通話。早兩天戈壁沙漠來，要在我的電腦系統上添加傳像裝置，說是如果對方也有同樣裝置的話，在通話時就可以互相看到對方。

我拒絕了他們的好意。

拒絕的理由我也說不上來，只是感到如果出現這種情形，在感覺上會很古怪，還是只聽聲音的好。

找到了雲四風，他一聽我說起情形，就道：「我們已經化驗過了。送化驗樣品來的人十分誇張，竟然運來了一千公升的水！我們經過超過五十道程序，做了徹底地化驗——相信是地球上可以做到的第二好化驗了，結果沒有發現水中有任何不應該有的物質。」

我對他的話感到興趣的是，他說他們可以做到「第二好」，那麼能夠做到「第一好」的是甚麼人？

我立刻把問題提了出來，雲四風笑道：「你怎麼會問我這個問題，當然是勒曼醫院！」

眞是一言提醒夢中人，我竟然沒有想到勒曼醫院，眞是太糊塗了！勒曼醫院有超越地球科學水準許多倍的設備和人才，當然只有他們才是第一，才能解決問題。

自從上次我知道勒曼醫院中的非地球人，受困擾於地球人的身體之後，我和勒曼醫院的關係又深了一層，要和他們聯絡，並非難事。尤其是那位亮聲先生，更曾經向我保證，任何時間任何情形下，我都可以和他聯絡，以避免再發生像上次那樣的誤會。

一想到了這一點，我發出了一聲歡呼，因爲我想只要把蓄水湖中的水交給勒曼醫院去化驗，很快事情就可以有結果。先解決了溶在水中的是甚麼東西，再慢慢去查是誰做的事。

從這個方向開始，當然是最快解決問題的方法。奇怪白素怎麼會沒有想到這一點！

我感謝雲四風提醒了我，然後立刻和勒曼醫院的亮聲聯絡。

在等待亮聲回音的時候，電話響起，是張泰豐打來的，他說找到了曾經在蓄水湖旁見鬼的那一男一女，請白素到他的辦公室去。我告訴他白素到大蓄水湖去了，張泰豐聽來像是很焦急：「這怎麼辦？那位男士……很不耐煩。」

我沒好氣：「他有義務要協助警方，告訴他見過鬼的人，要走十年霉運，只有我們可以幫他解除，他要是不肯等，那就算了！」

說完之後我就掛上電話，不多久亮聲的回音來到，我和他先寒暄一番，然後我把發生在大蓄水湖的事情告訴他，表示要請勒曼醫院化驗湖水。

亮聲一口答應：「簡單，你派人送化驗樣本到哥本哈根來，我們會有人和來人聯絡，樣本不必太多，有半公升就足夠了。」

因爲我向他說起了曾經運了一千公升的湖水到歐洲去，所以他才特別有這樣的吩咐。

我笑着答應，趁機問他：「事情很古怪，照你看來，做這事情的人目的是甚麼？」

亮聲笑道：「眞對不起，雖然我在地球上很久了，可是對於地球人的行爲還是無法了解──地球人很喜歡做一些沒有目的的事情，所以我無法猜度。」

我從他的話中聽出了弦外之音，就追問了一句：「你感到這一定是地球人的行為？」

亮聲放肆地哈哈大笑：「照你所說，那些結晶體有十噸、八噸之多，難道是外星人用宇宙飛船運來的？」

我嗔道：「就不許外星人在地球上製造？」

亮聲繼續笑着：「請相信我，只要智慧稍在地球人之上，不論想達到甚麼目的，都不必動用如此之多的材料！」

雖然亮聲對地球人的行為和智慧極盡揶揄，可是我也無話可說，還要多謝他肯幫忙。

和亮聲通了話，我正想把勒曼醫院肯幫助化驗的消息告訴張泰豐，要他去安排進行，門鈴響起，我從書房門口向下望，看到老蔡開了門，張泰豐和另外一男一女站在門外。

我叫了他一聲，下樓去，準備先告訴他有關勒曼醫院的事情。卻不料在他身邊的那個男子，一伸手推開了張泰豐，跨前一步，來到我的面前，不但動作粗魯，而且神情舉止無禮之極，瞪視着我，大聲道：「見過鬼會走霉運，是你說的？」

看他那一副聲勢洶洶的樣子，像是最好能把我一腳踩在他的腳底下才過癮。

我冷冷地打量他，只見此人身高一百八十公分左右，身形魁梧，滿臉橫肉，面目可憎。若是在以前，我早就不由分說，就向他兜胸一拳了，不過現在火氣沒有那麼大，所以只是冷笑一聲，點了點頭。

## 六、高矮兩鬼

接下來發生的事，在不到一秒鐘之內完成。準確地說，在那男子叫了兩個字之後就完成。

那男子見我點頭，就大喝一聲：「你放——」

他在呼喝的同時，伸手向我胸口就抓！此人可能學過一些功夫，又自恃身形高大，所以動不動就出手只怕已成習慣。

我火氣不如當年，可是那並不代表我不會自衛，在他伸手向我抓來的時候，我出手比他更快，一下子就反抓住了他的手腕。人的手腕在武術上稱爲「脈門」，人的脈門一被扣住，會有一個極短暫的時間，力量完全消失，沒有任何抵抗力。

我就趁那一剎間，運力旋轉手腕，把他整個人打了半個轉，變成頭下腳上，然後我不客氣，一腳就踩住了他的下巴，令他那第三個字出不了口。

這時候此人的樣子簡直滑稽之極，他雙腳亂蹬，可是完全無法着力。

張泰豐可能受過這人不少的氣，所以這時候忍不住哈哈大笑，開心至於極點！

在張泰豐的笑聲中，我突然想到那同來的女子，是此人的情侶，此人在情侶眼前出醜，會認爲是奇恥大辱，沒有必要爲了這種小事而使人過不去，所以我立刻鬆手後退。

卻不料那女子見了剛才的情形，原來一直在笑，而且笑得十分歡暢，起先她的笑聲被張泰豐的大笑聲蓋住了，我沒有留意，這時候才聽到。

我向她望去，這才發現那女郎相貌清秀，身形苗條，動作斯文，雖然忍不住在笑，可是半掩着口，絕無放肆之態，使人對她第一眼就有好印象。

我不去理那男子，向這女郎點了點頭，道：「不好意思，讓你見笑了。」

女郎忍住了笑：「對不起，我實在忍不住笑，想起他平日的行爲，今天算是又一次看清楚了他的爲人。」

我回過頭去看那男子，只見他掙扎站了起來，剛才的兇相也不知道去了哪裏，哼哼唧唧，閃閃縮縮，我很見過一些欺善怕惡的人，不過以這個男子爲冠軍。

欺善怕惡是人類衆多性格中的一項。後來我和白素提起這個男子那種欺善怕惡至於極點的性格，連帶討論到人的性格。我提出了一道問題：「都說人的性格決定行爲、決定人的命運，由此可知性格對人重要之極，可以說決定一切。可是性格究竟由人的身體中哪一部份產生？」

白素沒有立刻回答，我繼續問下去：「性格是無形的一種存在，是不是和人的靈魂有關係，而和人的身體無關？性格是怎麼形成的？由先天還是後天決定？性格是不是由身體的某一部份控制？是不是可以改變？性格在單一的一個人身上可以出現多元化，又是甚麼原因？性格和人的腦部活動是不是有聯繫……」

我一口氣問下來，發現有關人性格的問題，簡直無窮無盡，幾乎可以一直問下去，我也發現所有問題都沒有答案。

人類對於如此重要的一點，所知只是一片空白，人不但難以徹底了解他人的性格，連對自己的性格如何，也不會有確切的認知！

再想下去，更可以發現人類雖然知道有性格這回事，可是卻不知道性格究竟是怎麼一回事，只知道性格主宰了每一個人的行爲，而許多人的行爲加在一起，就形成了人類的歷史。

可以說人的性格是人的一切！

然而人類對於性格的研究卻還沒有開始——常常誇說人類的科學已經怎樣怎樣進步，實在十分可笑。

白素在想了好一會之後，才道：「我想人的性格應該是由腦部活動所產生。」

我搖頭：「看來更像是性格決定、指揮腦部活動，再由腦部發出命令，指揮身體行動。對任何人來說，性格是生命的總指揮，人的一生就完全在性格的控制之下。」

白素皺着眉：「照你的想法，性格太神秘了，在性格和靈魂之間幾乎可畫上等號了！」

我本來想說「根本就可以畫上等號」，可是立即想到，靈魂和性格，畢竟不同，然而相同在何處、不相同又在甚麼地方，一時之間思緒十分混淆，說不出所以然來，因此就沒有出聲。

那一次和白素的討論，沒有任何結果。而那次討論並非完全屬於題外話，而是和這個故事有一定的關係——故事後來有出乎意料之外的發展，而且和人的性格大大有關。

不過對於人的性格，始終沒有確切的結論——把任何一個人的身體作最詳細的解剖，也無法從中找出「性格」這樣東西來。

所以只好做種種設想，設想有一個好處，就是天馬行空，可以隨便你怎麼想。

這個故事發展到後來，就是設想的其中之一。

這是後話，表過不提。卻說當時我聽那女郎說得有趣，就問道：「再一次？上一次是甚麼情形？」

女郎笑道：「就是在蓄水湖旁見鬼的那件事，我可以肯定他根本看也沒有看清楚那兩隻鬼是甚麼樣子，就嚇得屁滾尿流、落荒而逃了，而事先他說自己是空手道三段，甚麼都不怕！」

女郎說到這裏，那男子嚅嚅分辯：「我說不怕，是不怕人，又沒有說不怕鬼！」

我對那女郎所說的話大感興趣，問：「鬼出現的時候難道你不怕，還能夠看清楚鬼是甚麼樣子？」

要知道不論是不是相信有鬼，當身處荒郊，又是半夜，忽然有類似鬼的東西出現，驚慌害怕是正常的反應。如果在這樣情形下居然能夠打量鬼的樣子，那麼其人的膽量和鎮定功夫，就超人一等，非同凡響。

看那女郎斯斯文文，難道居然如此了得？

那女郎聽了我的問題，揚了揚眉，現出一個相當俏皮的神情，道：「是啊！不是常常有機會見到鬼的，難得看到了當然要看仔細一點，不看白不看啊！」

我被她逗得哈哈大笑，張泰豐在一旁道：「這位小姐眞是了得，那位先生對當時的情形完全不記得了，可是這位小姐卻可以清清楚楚敍述出來。」

那女郎瞪了張泰豐一眼，佯嗔道：「甚麼這位小姐、那位先生，難道沒有名字？還是根本不記得了？」

女郎神態大具風情，我看張泰豐在刹那之間有些暈暈乎乎，紅了紅臉，道：「記得，記得，是典希微小姐。」

女郎嫣然：「叫我希微就好——你第一次聽到我的名字時的反應和所說的話，有資格直接叫我名字。」

這位典希微小姐在對張泰豐說這兩句話的時候，更是巧笑倩兮，挑逗的意味甚濃，反倒是張泰豐有些沒做手腳處，可是又顯然心中十分高興，連連叫了兩聲，樣子十分甜蜜。

我在一旁看到這一雙青年男女打情罵俏的情景，感到十分有趣，不禁哈哈大笑。

這一笑笑得張泰豐滿臉通紅，典希微卻毫無忸怩之態，向我望來，雖然沒有說話，可是神情分明是在問我聽了她的名字之後有甚麼話要說。

我根本不去想她的名字有甚麼特別，就搖頭道：「我還是稱呼你為典小姐好了，不想享受直接稱呼你名字的特權。」

典希微笑得很動聽，這時候最難受的當然就是那男子了，他走前幾步，看來是想走到典希微的身前，可是典希微不等他接近，就現出一臉不屑之色，轉過頭去，反倒和張泰豐四目交投。

那男子發出幾下恨恨的聲響，衝到門口，打開門就出去，重重地把門關上。

張泰豐向典希微做了一個手勢：「請把那天晚上的事情，向衛先生說一遍。」

典希微點了點頭，開始敍述經過。原來別看她外表如此文靜，她竟然是一家空手道學校的教練，那男子還是她的學生，一直在追求她。

那天晚上，男子提出到蓄水湖邊去散步，典希微就說治安不好，怕遇上匪徒，那男子拍胸口說有他在，甚麼都不怕——這傢伙在說這種話的時候，忘記了典希微空手道的段數比他高得多。

在蓄水湖邊，他們正在向最大的聚水道走去，準備在月色下觀賞奔騰而下的水勢。

走了沒有多久，他們就看到前面影影綽綽有兩個人，也是向着聚水道的方向。

本來蓄水湖邊上另外有人也不足爲奇，可是他們一看到前面那兩個人，心中就怔了一怔。典希微說她接下來有足夠的鎭定，全是因爲早看到了那兩個人，就覺得心中有異，思想有了準備的緣故。

在他們前面的兩個人，一高一矮，看來不像是情侶，倒像是父子。詭異的是那兩個人向前移動的情景，他們並非在走動，而是在飄向前，而且在飄動的時候，身子直挺挺地，沒有任何擺動。

這時候雙方相距大約二十公尺，月色又好，所以看得很清楚，這情景自然令人心中發毛。

典希微心中一凜，肯定事情有異，她身邊的男伴連她的十分之一的鎮定都沒有，已經不由自主發出了一下驚呼聲來，隨着驚呼，他又叫了一下，好像是叫了一個「鬼」字。然而因爲過度驚恐，也不是很聽得淸楚。

典希微並沒有第一時間想到是「鬼」，而等到男子一叫，前面兩個人陡然有了動作。

他們的動作奇特無比，典希微只覺得眼前一花，那兩個人已經突然到了眼前，伸手可及。然而在那時候，那兩個人還是背對着她的，兩人竟然是倒退而來。

典希微感到身邊傳來了一陣奇異的「格格」聲，想來是身邊的男子全身發抖引致骨頭所發出的聲響。

典希微有足夠的鎭定在這時候心中鄙夷男子的反應，她左手橫肘去撞身邊的男子，同時右手伸向前，抵住了突然來到她身前，兩個人中那個大人的背部——這是由於對方在一眨眼之間就來到了她的眼前，她恐怕對方收不住勢子會撞在她的身上，所以自然而然有這樣的行動。

當她的手抵住了對方的背部時——當時的這種情形十分重要，她的手才碰上對方的背，那人就突然轉過頭來。

當時典希微實際上還未曾想到那人是如何可以轉過頭來的，她一眼看到轉過頭來的那張臉，說她心中不害怕那是假的，因爲那是一張可怕之極的鬼臉，臉上凹凹凸凸，不知道是甚麼形狀，沒有鼻子，雙眼閃着幽光，咧大了嘴，也不知道他是在笑還是準備咬人。

在開始的一秒鐘，典希微是嚇呆了，然而她眞的有非常的勇氣，在接下來的一秒鐘，她居然向那張鬼臉點了點頭！

她的視線在接觸到了那張鬼臉之後，就無法移動半分，所以身邊發生了甚麼事情，她無法知道，她只聽到男子發出了一聲慘叫，慘叫聲在迅速遠去，當然是男子在連滾帶爬地逃命。

在典希微向鬼臉點了點頭之後，鬼臉抽搐變形，更是恐怖絕倫。然而在這種情形下，典希微依然有足夠的鎭定，感到對方是想通過臉部的表情來表達一些甚麼，只不過由於他的臉根本不是人的臉，所以想要表達的信息，也就無法爲人接受。

典希微在這時候又自然而然搖了搖頭。

就在她搖頭的動作還沒有停止的時候，眼前一花，看到那兩個人又已經到了二十公尺之外。令她這時候感到那兩個……不是人，而是鬼的是，她看到他們都臉對着她，高的是一張鬼臉，矮的卻是一張扭曲了的人臉——一般人在故意做鬼臉的時候就是這樣子。而他們在臉對着她的同時，身子卻還是背對着了她！

她立刻想起，剛才她伸手抵住了對方的背部，而對方居然可以轉過頭來和她面對面！

典希微的常識告訴她，在脊椎動物之中，除了貓頭鷹之外，沒有可以頭部作一百八十度轉動的。

而對方居然可以有這樣子的動作，典希微當然立刻想到了：鬼！

這時候，那一高一矮兩隻鬼，像隨風飄動的煙霧一樣，隱隱約約溶進了灌木叢之中不見了。

典希微的膽子再大，也不敢再追過去看個究竟。她聽到身後有哭泣聲傳來，回頭看去，只見那個平時不可一世、逢人就瞪眼、動不動就想打人的大男人，像兔子一樣縮成一團，嚇得正在哭泣。

典希微本來就對這男人沒有好感，這時候更是鄙視之極，冷笑着從他的身邊走了開去。

接下來的日子，男子看到了典希微就抬不起頭來，可是他還是不死心，總想找機會和典希微說話。而這時候警方通過各種傳播媒介，呼籲曾經在大蓄水湖旁有過異樣遭遇的人和警方聯絡。男子就趁機約典希微一起向警方報告他們遇鬼的經過。

當時張泰豐聽了他們的敍述之後，並沒有重視——他要追查的是極其嚴重的犯罪行爲，對於鬼出現沒有興趣。直到他向我們提起了有這樣的一件事，白素十分重視，這才重新聯絡他們。

男子惱羞成怒離去，張泰豐根據他第一次的敍述，講出了當時的情形。

當時典希微面對的是那隻高鬼，她應付那隻高鬼已經竭盡所能，沒有餘暇去留意那隻矮鬼了。而面對矮鬼的是那男子，據男子說，那隻矮鬼到了他的眼前，突然身子拔高，本來最多只到他胸口，忽然變成了面對面，而且容貌詭異之極，一下子就把他嚇破了膽。再接下來發生了甚麼事情，他就再也想不起來了。

這就是他們見鬼的全部經過。

我聽了之後，沒有甚麼特別的感覺，只覺得典希微這位女郎十分爽朗有趣，想來白素紅綾溫寶裕他們都會喜歡她。

我也竭力想把「遇鬼」和「蓄水湖事件」聯繫起來，可是作了幾個設想都覺得兩者之間好像很難發生關係。

我只好攤了攤手：「我一定將這段經過，原裝轉告白素，看看她會有甚麼新的見解。」

典希微聽得我這樣說，笑得古怪，我瞪了她一眼，她連忙收起了笑容，我知道她心裏在說：這樣離奇詭異的事情，衞斯理居然沒有興趣，還要聽妻子的意見，眞是差勁，和傳聞中的英明神武差之遠矣！

不過我雖然明知她在對我進行「腹誹」，也當然不會對她這種女孩子計較。我只是對她也古怪的笑了一下，她顯然立刻知道她在想些甚麼並瞞不過我，所以做了一個鬼臉。

於是我就向張泰豐說起和勒曼醫院聯絡好了的事情。典希微喜出望外，連連打自己的頭：「怎麼早沒有想到！早就應該請你聯絡勒曼醫院，請他們幫忙化驗。」

我這時候注意到典希微對我們的對話，像是深知內容，絲毫都沒有摸不着頭腦的神情。

我感到訝異，向張泰豐望去，張泰豐立刻紅了臉，這就使我知道是怎麼一回事了！

當然是張泰豐對她講的！

大蓄水湖出了事，當局爲了避免引起恐慌，嚴守秘密。雖然像張泰豐這樣的小伙子，爲了討好典希微這樣的女郎，會有出格的行爲，但是講了不應該講的話，就有虧警務人員的職守。

所以我望向張泰豐的眼光變得凌厲，張泰豐臉更紅，分辯：「她是證人，有權知道自己是爲甚麼事情在作證，而且她發誓絕不洩露消息。」

我冷冷地道：「你對那男子也說了嗎？」

張泰豐搖了搖頭，我冷笑三聲，張泰豐連忙又解釋：「典小姐在警察學堂兼職教空手道，也可以說是警務人員。」

張泰豐的解釋牽強之極，這時候典希微揚聲道：「是我向他逼問的——我堅決表示如果他不告訴我發生了甚麼事情，我就拒絕說當晚的情形。」

張泰豐向典希微投以十分感激的眼神，他向我道：「事實是我有失職之處——我沒有向上級請示，就自行決定。在整件事告一段落之後，我會把這個經過向上級報告。」

我笑了笑，沒有再追問下去——張泰豐和典希微之間眉來眼去的這種情形，誰都可以看出發生了甚麼事或者將會發生甚麼事，我當然不會去難為他們。

我只是順口說了一句：「可惜典小姐的遭遇看來對整件事並沒有任何幫助。」

後來我把典希微和那男子見鬼的經過轉告白素，白素在聽完敍述和我的意見之後大搖其頭：「你大錯特錯了，他們見鬼的事件和整件事有極大的關係！我還要找這位典小姐再詳細地詢問當時的情形！」

我瞪大了眼睛，不知道自己「大錯特錯」在甚麼地方，白素也不向我解釋，忽然一笑：「你想不想可以叫她的名字？」

我沒好氣：「我又不是張泰豐——那小子見了美麗女郎，只怕連自己姓甚麼都忘記了！」

白素笑：「可是張泰豐卻有本事聽到了這個名字，就說得出特別在何處。」

我哼了一聲：「姓典的人不多，三國演義中曹營有一員猛將，有萬夫不當之勇，使獨腳銅人，姓典名韋——不過很難和一個斯文的女郎聯繫在一起。如果讓我來替她取名字，有一個名字再現成不過，叫——」

我說到這裏，白素做了一個手勢，打斷了我的話頭，然後我們再一起叫道：「叫——典雅！」

我和白素心意相同，大家都很高興，白素忙着去聯絡張泰豐，那時候離張泰豐和典希微離開不過五小時左右。

卻說當時我向張泰豐道：「向勒曼醫院送化驗樣本的人，要可靠才行。」

張泰豐想了一想：「我自己去。」

我點了點頭，表示很好。在一旁的典希微現出很興奮的神情，道：「久聞勒曼醫院大名，能夠和他們——」

她說到這裏，陡然停止，而且故意不看我，我立刻知道，她一定是想和張泰豐一起去，我看張泰豐沒有力量可以抗拒典希微的要求，而我深知勒曼醫院方面，竭力保持行蹤隱秘，不會喜歡有不相關的人和他們接觸。所以我很認眞地道：「我要向勒曼醫院方面報告，是誰帶化驗樣本去——我會向他們說，去的只是一個人。」

這話當然是說給典希微聽的，可是典希微卻裝成完全不知道我在說甚麼，看來她的慧黠程度，遠在我估計之上。

他們告辭離去，然後是白素從大蓄水湖回來，看她的神情就知道此行甚麼收穫也沒有。

我就向白素轉述典希微和那男子見鬼的經過，白素聽得十分用心，而且從她的反應來看，好像很有所獲，果然在我說完，並且表示了自己的意見之後，白素給了我「大錯特錯」的評語。

等到白素和張泰豐聯絡時，張泰豐辦公室回答說：「張主任到機場去了！」他的行動竟然如此之快，和白素的緊張反應，都很出乎意料之外。白素放下電話，向外就走。我叫道：「你要找的是典希微，不是張泰豐！」

白素在門口轉過頭來：「根據你剛才的敍述，典希微必然跟着張泰豐一起去！」我望向她，白素的眼神大有挑戰的意味。我也來不及多想，就道：「一起去！」

在前赴機場途中，白素已經問準了一班飛往北歐的飛機會在三十分鐘之後起飛，我們能夠追上張泰豐的時間不是很多，所以接下來簡直就如同電影場面一樣，一到機場，立刻找到了警方在機場的負責人——這樣以後的行動就會順利得多。

我們直闖禁區，在飛機即將關上艙門之際，大聲叫喊，然後進入機艙，很快就在機艙之中看到了正在笑語殷殷的張泰豐和典希微。

他們兩人看到了我和白素，都怔了一怔。典希微很快恢復鎮定，解開安全帶，站了起來，笑臉相迎。而張泰豐枉為高級警官，卻是手足無措，想站起來，又忘了解安全帶，以致狼狽不堪。

這典希微也不知道是眞是假（後來她發誓說是眞的），一和白素打了一個照面，神情之驚訝、欣賞，至於極點。後來我取笑道：想當年張先生見到了崔小姐，其表情也不過如此罷了。

而白素當然可以在對方的表情上，感覺到對方心中對她的印象，那比一千句一萬句恭維話起的作用還要大。常言道：千穿萬穿馬屁不穿，所以接下來白素和典希微的相會，愉快之極。

張泰豐終於擺脫了安全帶，來到我的面前，想要解釋甚麼，卻又不知道胡言亂語了些甚麼。

我看到白素和典希微正在很專注地交談，也沒有心思去聽張泰豐說些甚麼，只是拍了拍他的肩頭，很鄭重地道：「你一下飛機，就會有人接走你帶去的樣本，千萬不要以爲可以有機會和勒曼醫院有任何接觸！不然誤了事情，你可負不了這個責任！」

我可以說是聲色俱厲，所以張泰豐臉色通紅，不住點頭。

本來我對張泰豐這個青年人印象很好，可是這時候我感到他一再無法拒絕典希微這位美麗女郎的過分要求，性格未免太軟弱，不能夠堅持原則。而典希微本來非常可愛，卻一再向他人作非份的要求，這使我對她的印象由好變成反感。

張泰豐和典希微的行爲，當然都是由他們本身的性格決定的。我思緒天馬行空的毛病又發作，在這樣情形下，我竟然忽然想到：人的行爲由思想決定，而思想則由本性產生。所以本身性格才是人的眞正主宰！

然而本性又是以甚麼樣的狀態存在的？

人類一直在研究靈魂，可是我現在發現人的本性的重要性不比靈魂差。因爲人在活着的時候，一切行爲都由本性主導！

我還想再想下去，白素已經來到了我的身邊，拉我出機艙，同時道：「別妨礙他們的快樂旅程！」

我被白素拉出了機艙，門立刻關上，我皺着眉，白素伸手在我眉心揉了兩下，笑道：「他們兩人是周瑜打黃蓋，一個願打、一個願捱，你去理他們幹甚麼！」

我啼笑皆非：「我不是要管他們的閒事，而是張泰豐有重要公務在身，如果勒曼醫院方面不喜歡有閒雜人等出現，豈不是壞了大事？」

白素自有她的看法，她道：「如果這次壞了大事，那是給張泰豐一個教訓，使他以後可以改過。」

我苦笑搖頭：「江山好改、本性難移，只怕這小子就算受十次八次教訓，還是改不過來！」

白素攤了攤手：「那就只好由得他去，每個人有每個人的命運，都有每個人的本性在主宰，根本沒有任何力量可以改變！」

我和白素這一番對話，當時以為和事情完全沒有關係，只不過是我心中有所不滿而白素在安慰我而已，不料事情發展到後來，竟然頗有關聯，這也眞是始料不及——事實上這個故事最大的特點，就是每一步發展，都難以預料，很是離奇古怪。

# 七、矮鬼眞面目

離開了機場，在歸途上我問白素：「你趕着去見典希微，問了她一些甚麼？」

白素先不回答我的問題，卻反問我：「你覺得典希微遇見的鬼和游救國見到的鬼有甚麼相類之處？」

她這樣問，顯見得她一直以爲兩者之間有關係，所以竭力想要求證。關於這一點，我不是很明白，因爲我認爲兩者之間不會有關連，而且更重要的是，就算兩者有關，對於解決問題，還是一點作用都沒有。

所以我用不經心的回答來表示我的想法，我笑着道：「我看兩者之間的唯一關連是：他們都是鬼！」

白素瞪了我一眼，卻自己回答了自己的問題，她道：「兩個見鬼的人，都形容那鬼的臉上沒有鼻子！」

她說得很認眞，好像那是一大發現。我揚了揚眉：「是又如何？」

白素微笑：「是，就離我的設想近了一步。」

我不知道白素的設想是甚麼，所以也就沒有反應。

白素這才回答我剛才的問題，她道：「我向典希微詳細問了那個矮鬼的情形。」

我還是不明白，所以道：「有這個必要嗎？」

白素道：「在他們的敍述中，提到那個矮鬼一直在五官扭曲地扮鬼臉——你想想，哪有鬼扮了鬼臉來嚇人的事？」

我一想，果然如此，就問：「你想說明甚麼？」

白素給了很肯定的回答：「那矮鬼不是鬼，是人！由於矮鬼不是鬼，所以也可以推論那高鬼也不是鬼！」

白素的推論很有理，完全可以成立，可是也不是沒有疑點。

白素早就想到了我會提出甚麼疑點來，不等我開口，她就道：「那男子說矮鬼會忽然變高，有兩個可能，一個是當時他已經嚇昏了，根本失去了判斷力；另一個是矮鬼向上跳躍，看起來就像忽然變高了一樣。」

我想了一想，白素的兩個解釋，其實可以合而爲一，向上跳躍，和忽然變高，在他人眼中看來，必然有明顯的不同，除非當時那男子確然失去了判斷力，才會有這樣的錯覺。

這種解釋實在相當勉強，因為人跳了起來，立刻會落下，而「變高」則是至少有一段時間維持高度，其間很有不同。

我還是沒有說甚麼，只不過神情充滿疑惑。白素微笑：「別把問題想得太玄妙、太深奧，一副可以伸縮的枴杖，就可以達到變高的效果。」

我不禁伸手在自已頭上打了一下——的確用這樣簡單的方法，就可以達到如此目的，而我竟然會沒有想到，眞是莫名其妙！

而給白素說出了這一點之後，我忽然聯想到有一類人最擅於玩這種把戲，可是一時之間卻又無法確切的說得出來。

白素顯然知道我在想甚麼，她笑了笑，卻放開了這個問題，道：「那個高鬼，頭部竟然可以作一百八十度的轉動，就比較難以解釋。我想如果他在前進、後退的時候，根本就是側行，那就容易解釋了。」

我在那一剎間，不是很明白白素的意思——人用正常方式前進後退，和打側行走，很容易分辨出來，典希微不至於連這點都看不出。

白素笑道：「凡是迷惑他人判斷力的行動，多少都有一些道具幫助，或者是久經訓練的動作，使人產生錯覺。我推測那個高鬼經過側行的訓練，而他穿衣服的方法與衆不同，把應該向前面的部份轉向側面，你想想那會起甚麼樣的效果？」

我不必想，就可以知道，這樣一來，如果他在側行的時候，再把頭轉向九十度的一側，就可以造成和正常的前進、後退一樣的效果。

也就是說當他突然來到典希微面前，典希微伸手抵住了他的時候，典希微以爲是抵住了他的背部，而實際上卻是抵住了他的手臂！

他的頭部確然是作了一百八十度的轉動，只不過不是從向前轉到向後，而是從一側轉到另一側而已！

這確然巧妙無比，在視覺上絕對可以做到使人感到「那是鬼」的目的！

而且事實上要做到這一點並不困難，如果訓練有素，更是可以有絕對的好效果。

我又立即想到：甚麼樣的人會接受這樣的訓練？

不會有人因爲要扮鬼而這樣做。魔術師或者有此需要，然而應該更有一類人，專門用各種方法形成他人的錯覺、幻覺，他們最善於利用別人心理上和視覺、感覺上的盲點，來達到他們的行動不被人發覺和使人完全朝相反的方向去想，從而使他們的行動神出鬼沒、神秘莫測、不可捉摸，使他們容易達到目的。

這一類人……

我想到這裏，腦中靈光一閃，大叫一聲。這時候車子已經駛到家門口，我由於突然想到了答案，興奮莫名，竟然忘了減低車速，若不是白素在一旁，及時替我踩下了刹車，車子只怕會直撞進屋子去了！

而這時車子停下，車頭燈還是免不了撞在門上，發出了碎裂聲，隨着這碎裂聲的是我的大叫聲：「忍術！東瀛忍術！」

白素吁了一口氣，很少有的諷刺我：「你想到這一點的代價，還眞不少！」

我不理會白素的譏嘲，因爲我的思緒立刻將「忍術」和「矮鬼」聯繫了起來。

我哈哈大笑，叫出了一個人的名字：「廉正風！」

白素笑了笑：「應該正是此君。」

我把「忍術」和「矮鬼」一結合，就想到的廉正風，當然就是在《移魂怪物》這個故事中出現過的那個忍術高手。他曾經運用忍術中的招數，貼身跟蹤一個進入了地球人身體的外星人，而這個智慧超羣，連我也被他利用得團團轉的外星人居然沒有發現，由此可知他的忍術段數是如何之高，也由此可知，忍術確然有它的奇妙、獨特之處。

這時候，連為甚麼「矮鬼」一直要扭曲五官來扮鬼臉，也眞相大白了——他知道在蓄水湖旁有人見鬼的事情，警方一定會知道，而且也遲早會交到我的手上。如果他以眞面目示人，見鬼的人只要一形容，繪圖專家畫出來，我一看就可以知道是他了。

從這一點發現聯想開去，又可以知道廉正風在蓄水湖旁出現，絕非只是為了扮鬼嚇人，而應該是他有重大的圖謀，這圖謀必然需要秘密進行，所以有人看到了他們，他們就扮鬼把人嚇走。

分析推論到了這裏，自然而然的結果是：廉正風和蓄水湖發生的神秘事件有關！

我越想越是高興，也忘了下車，一把抱住了白素，表示我心中對她的傾佩，因爲不是她的提示，我恐怕沒有可能想到這些。

而白素顯然是早就有了一定的概念，在聽小郭講游救國見鬼的時候，她就已經可能想到忍術高手了！

然則蓄水湖旁的那個高鬼，就是游救國所見的那張鬼臉了？

那個高鬼當然也是忍術高手，兩大忍術高手究竟在蓄水湖中搞了甚麼鬼？和游救國又有甚麼關係？

原有的問題可能有了答案，新的問題又產生。不過新問題容易解決，只要把廉正風揪出來，就可以水落石出。

在《移魂怪物》這個故事中，我早就懷疑廉正風有若干助手在幫他辦事，現在更可以肯定，因爲把好幾噸化學品放進蓄水湖去，只怕也不是高矮兩隻鬼可以做得成功的事。

廉正風上次離去的方法很特別，他是突然上了樓，跳窗而走的。當時我想叫「隨時聯絡」，還沒有叫出口，他就不見了，一直到現在都音訊全無，也不知道如何可以找到他。

不過由於想到了事件和廉正風有關，我倒大大地鬆了一口氣。因爲我知道廉正風的爲人，倒不是爲了他取名字叫「正風」，而是我和他共過事，知道他絕不會做甚麼傷天害理的事情，甚至於連小壞事也不會做。

我把車子後退，同時向白素提出了這一點。

白素好像不同意，她眉心打結，等到下了車，進了屋子，她才道：「對廉正風本人，我的看法和你一樣。可是廉正風是忍者，忍者都有組織，而且對組織的服從是絕對的——」

她話還沒有說完，我就「啊」地一聲，明白了白素的憂慮所在。廉正風所屬的組織如果有一個胡作非爲的領袖，那麼廉正風也就只好聽命令行事，不能由他自己作主！

我道：「那個沒有鼻子的高鬼，難道就是領袖？」

白素搖頭：「無法斷定——不過照情形來看，他應該是整件事的主謀，廉正風只不過是幫他辦事而已。」

白素的分析當然合理，因爲廉正風一直在，並沒有甚麼古怪的事情發生，這高鬼一出現，就使得幾百萬人有斷水之苦，只怕眞的惡鬼爲禍都沒有如此之甚！

進了屋子，我和白素討論了片刻，一起到書房，已經有了行動方針。由我設法找廉正風，而白素去和溫寶裕、紅綾、小郭會合，一起去對付那隻高鬼——白素認爲那隻高鬼在忍術上的造詣還在廉正風之上，紅綾等三人一心想去捉鬼，只怕反而會給鬼捉弄，所以她要去助陣。

白素離開之後，我想了很多找廉正風的方法，想來想去，還是從最古老的方法開始——用傳播媒介來傳遞我的信息。

在不到半小時之後，全城的電視、電台都有如下的緊急尋人廣告：「獨立調查員廉先生請注意，你的作爲，我已知悉，苦海無邊，回頭是岸，請立刻來見我！衛斯理啓。」

這段廣告在相當一段日子裏引起談論，提起的人都在問：「衛斯理不知道又在搞甚麼鬼了！」

當晚，我這裏就有事情發生。

白素在到了游救國那裏不久之後，和我聯絡過，她說大家都接受我們的推測，認爲游救國看到的「那張鬼臉」是忍術高手在作怪的可能性極高。

而且白素也和游救國交談過，游救國說他看到那張恐怖之極的臉，視線都無法離開，所以並沒有注意是不是有身體。

關於這一點，我立刻想到那更可以說明是忍術高手，我和白素都相信即使游救國留意，他也極有可能看不到鬼臉有身體——使人的視線產生錯覺是忍術最基本的課程。事實上很多魔術師也擅長這種把戲，不足爲奇。

白素還告訴我，他們想到那鬼可能根本就躲藏在游救國的屋子裏，所以才能隨時出現。所以他們決定不被動地等鬼出現，而要採取行動，主動地把鬼找出來。

可以想像有紅綾和溫寶裕在，他們那裏是如何熱鬧。我提醒白素：「忍術的另一門專長是用毒，手法之多匪夷所思，防不勝防，千萬小心。」

其實白素當然早已想到這一點，她還是很認眞地答應。

然後我就在書房等廉正風的消息，我相信他一定可以接收到我發出的信息。

果然在午夜時分，聽到樓下有聲響，我立刻下去，同時大聲喝：「你幹的好事！」

一面叫，一面我已經看到一個人站在客廳正中，背對着我，身子很矮，不是廉正風是誰！

我在樓梯的中間一躍而下，同時伸手抓向他，一把就抓個正着。本來他既然來了，我就不必怕他逃走，可是他這種忍者，行爲和常人不同，還是先把他抓住了比較安全。

我本來沒有料到一出手就能把他抓住，所以在出手的同時還準備了兩下厲害的招數，預料他一定會反抗或者躲避，我立刻使出來，使他防不勝防。

如今一出手就抓住了他，後着卻收不住勢子，一腳掃向他的下盤，又踢個正着。

兩下都得手，我應該高興才是，可是刹那之間我心中懊悔之極，因爲在一手一腳的感覺上，立刻就可以知道那不是一個人，而只是一件不知道甚麼物體套上了衣服、戴了帽子而已。

我在一躍而下之際，已經迅速地想過廉正風不知道是如何進屋子來的，我竟然沒有覺察。

這時候我一覺出那並不是人，雙手用力一扯，把衣服扯開，看到裏面是一隻和廉正風差不多高下的透明塑膠水囊，盛滿着水，在水囊上寫有兩行字：「天下本無事，庸人自擾之。囊中水半小時前汲自大蓄水湖，且放心飲用。」

我又是吃驚，又是生氣，大喝三聲：「廉正風，你這矮鬼，替我滾出來！」

本來我就算罵人，也不作興做人身攻擊。可是這時候一來實在太生氣——城市供水已經到了緊急關頭，這罪魁禍首還要這種花樣，不肯老老實實站出來把事情說清楚，眞是太可恨了。二來廉正風最忌諱人家說他矮，我才會故意這樣罵他，好把他激怒，使他現身。

可是我連喝了七八聲，枉作了小人，沒有任何反應。

我知道忍術高手最善於隱藏，所以開始滿屋子搜尋，甚至於連椅墊都拿起來拍打，以防那是廉正風的僞裝。我這樣的行動確然太誇張，可是我知道曾經有一個忍術高手僞裝成一盞座地燈，在一家人家的客廳中耽了一個月之久，而沒有給人發覺。

足足花了一個多小時，我不敢肯定廉正風是不是在屋子裏，只好說我沒有任何發現。

回到客廳，盯着那水囊看了一會，心中苦笑。

單是廉正風人進來，我竟然沒有覺察，已經令人佩服。而他居然還帶了那麼大的一樣東西進來，那水囊盛滿了水，少說也有一百公斤，眞是難以想像他如何可以做到這一點——這矮鬼雖然可惡，但是本領之大，卻也匪夷所思。

廉正風這樣做，目的很容易明白，他是在告訴我，蓄水湖中的水沒有問題，可以食用，也就是說，有關方面可恢復供水。

我可以相信廉正風的話，可是問題是在於沒有弄清楚被放進去的化學品究竟是甚麼東西之前，必然有人反對恢復供水，廉正風可惡在不肯做一個簡單的解釋！

我越想越生氣，提了水囊，到了門外，向水囊拳打腳踢，直到把水囊踢得滾下了山坡才算是略出了一口氣。

我這才想到，在我這裏發生的事情，必須告訴白素他們。

我回到屋子裏，和白素取得了聯絡，等我把事情說完，白素的意思和我一樣：

廉正風說沒有問題，那就是沒有問題。

至於放進蓄水湖的化學品究竟是甚麼東西，白素的意見是：「他不肯說，就讓他去故作神秘好了——相信勒曼醫院方面，很快就會有結果。」

我們商量的結果是等張泰豐回來再說，由他去通知應變小組，蓄水湖中的水，雖然被溶入了大量化學品，可是沒有問題。至於應變小組如何決定，那就不關我們的事情了。

白素又道：「那張鬼臉沒有出現，我們準備繼續等。游救國一直在向我們講述他和妻子如何恩愛的種種情形，很是感人。世界上奇妙的姻緣很多，可是再也沒有一樁比他們更奇妙的了！」

白素在這種情形下，還有心思去感嘆人家姻緣的奇妙，真是好整以暇至於極點！

白素他們等那張鬼臉出現，一等就是三天，也沒有結果。

在這三天之中發生的事情，需要約略說一下。張泰豐第二天就回來，從機場直接來見我，說是一下飛機，立刻有人接頭，取走了他帶去的化驗樣本，一句話都沒有說，他立刻搭機回來。

他沒有提到典希微，我也沒有問，只是把這裏發生的事情告訴他。張泰豐立刻去參加應變小組的會議。

不出我的所料，廉正風的保證，有人接受，更多的人卻不接受，小組決定是不是恢復供水，等勒曼醫院方面有了結果再作決定。

勒曼醫院方面的結果，來得出乎意料之外的遲——三天之後我才有了亮聲的電話。

亮聲第一句話就問：「那四個蓄水湖管理員的話，確定可靠嗎？」

我怔了一怔，心中頓時涼了半截。大蓄水湖停止供水已經五十天，工業生產瀕臨停頓，民怨沸騰，隨時可以引起暴動，希望就在勒曼醫院化驗的結果上，可是亮聲卻這樣問我！

他這樣問，表示他的化驗沒有結果！

我一時之間噎住了說不出話來，亮聲把這個問題又問了一遍，我心火上升，回答道：「你這樣問是甚麼意思？化驗不出結果，可以直接說！」

亮聲聽出了我語氣不善，連忙道：「化驗的結果是，沒有發現任何對地球人身體有害的物質。」

我不由自主搖頭——單是有這樣的結論並不足夠，廉正風早就這樣說過，需要的是知道溶進了蓄水湖中的究竟是甚麼！

我立刻把這個問題提了出來。

卻不料亮聲嘆了一口氣，這樣回答我：「衞君，你科學一點好不好？」

我氣往上衝，一句粗話幾乎就要衝口而出，不過亮聲立刻有了解釋：「理論上來說，只要有物質溶進了水中，就一定驗得出來，可是在這件事件上，問題是不知道溶進了水中的物質是甚麼——」

他竟然還在說這種廢話，我打斷了他的話頭：「就是不知道是甚麼，才要勞煩你們找出來！」

亮聲又嘆了一口氣，看來他是因爲我說不通而感到煩惱，不過他還是很耐心地道：「實際上是找不出來的！」

我冷笑：「這說得過去嗎？」

亮聲道：「需要知道，水中含有的物質超過一千種，有的含量極微，當然含量再微，也可以化驗出來。可是就算把一千多種物質全都找出來，也沒有意義，因爲還是無法知道那次行動中溶進了水中的是甚麼，它可以是含量最多的鹽，也可以是含量最少的鏞！」

我吸了一口氣，這才知道亮聲所謂科學是怎麼一回事。確如他所說，就算把水中所有的物質都找出來，也還是不能知道那次行動，溶進了水中的究竟是甚麼。

亮聲又道：「所以最重要的是肯定現在的水是不是還能食、用，我們的結論是完全可以。」

我爲剛才的壞態度感到慚愧，因爲勒曼醫院實在已經做得很好，而且有了結論。至於應變小組中的官僚是不是接受這個結論，當然和勒曼醫院無關。

我先向亮聲道歉，然後再向他道謝。

在通話之後，我知道要眞正弄清楚溶進了蓄水湖中的是甚麼，還是要在那兩隻鬼身上找答案。

可是上哪裏去找那兩隻鬼去，我感到要找兩隻眞鬼可能還容易得多。

我立刻把勒曼醫院的結論通知張泰豐，不出我的所料，張泰豐在小組會議上和一些成員發生了激烈的辯論，結果那些官僚對張泰豐說：「恢復供水如果發生任何問題，你敢負全責嗎？」

說來說去，那些官僚還是爲了不肯負責，而不負責，遇事就推卸責任，正是官僚的本性——或者說，正因爲有這樣的本性，所以才會在一定條件下成爲官僚。

張泰豐本來也可以不負責任，他只要說一句「關我甚麼事」，就可以把責任推得一乾二淨，可是他卻拍胸口答應了下來：「我負責——我可以用我的生命來負責。」

當張泰豐來向我報告事情經過的時候，說到這裏，他的神情仍然很激動。我也很感動，他對典希微有點神魂顛倒，本來我頗不以爲然，實在料不到他竟然是這樣有擔當的好漢！

我望着他，一時之間說不出話來。張泰豐吸了一口氣：「我對你有信心，對勒曼醫院有信心，對那位廉正風先生有信心！」

張泰豐話才出口，就聽到樓上傳來了一下響雷也似的喝采聲：「好！」

我整個人直跳了起來，疾聲道：「廉正風！你再藏頭露尾，以後別想見我！」

廉正風這個人行事作風處處出人意料之外，這一次，我話還沒有說完，就看到他從樓上，也不知道他突然之間是從哪裏冒出來的，搖搖擺擺走下樓梯，道：「好稀罕能見到你嗎？我是想好好的看一看這位好漢！」

廉正風這時候稱張泰豐爲好漢，當然有向我示威的意味在。不過張泰豐確然可以當此稱號，他甚至於並不標榜自己，到後來我才知道，應變小組在他作了保證之後，還在猶豫，張泰豐把他們帶到蓄水湖，跳進湖中，當着衆人把湖水喝了一個飽。

饒是如此，應變小組還是觀察了他三天，見他依然健康活潑，並沒有任何不妥，這才恢復了供水，這是後話，表過不提。

當時廉正風在樓梯上走到一半，就一個筋斗翻了下來，恰好落在張泰豐面前，向張泰豐一揖到地，大聲道：「多謝閣下信任，在下這廂有禮了！」

張泰豐顯然不是很習慣這種場面，有點手足無措，只好連連鞠躬，算是回禮。

我冷冷地道：「戲做完了嗎？該說實話了吧！」

廉正風翻着白多黑少的一雙怪眼，像是不明白我在說甚麼。

我大聲道：「你們放進蓄水湖中的是甚麼東西？」

廉正風冷笑一聲：「為甚麼要告訴你？告訴你你懂嗎？你不是一有事情就找你的外星鬼朋友幫你嗎？為甚麼還要來問我？」

廉正風一口氣說下來，不但說的話難聽，而且腔調惡劣，態度囂張，簡直超過所能忍受的極限，看得在一旁的張泰豐目瞪口呆，我幾次想要發作，結果還是硬生生地忍了下來。

這時候我想到，廉正風用這樣惡劣的態度對我，當然是由於我前後罵了他不少次「矮鬼」，所以他懷恨在心。正由於想到了這一點，我心中無法不吃驚，因為這證明廉正風一直在我屋子之中，所以才聽到我對他不敬的稱呼。

而我在看到了水囊之後，知道他有可能躲藏在屋裏，曾上上下下仔細找過，結果還是給他瞞了過去，可見其人偽裝、隱藏的能力之高，實在無法想像，值得令人佩服。

而且是我罵他在先，不能怪他現在態度惡劣。這樣一想，立刻心平氣和，向他拱了拱手：「佩服！佩服！」

廉正風自然知道我是佩服他甚麼，想來他自己也感到十分得意，所以立刻就有不可一世的表情，抬頭挺胸，還在裝成一副不理我的樣子。我卻知道他是在等我發問，問他究竟是用甚麼方法在屋子中而不讓我發覺。

等我問了，他必然還要造作一番，不肯回答，要我再三追問，他才可以大大發揮，表現他非凡的本領。

## 八、關鍵人物

我既然看穿了他的心思，就故意不給他炫耀自己本領的機會，微笑道：「多謝閣下造訪，既然話不投機，閣下請吧！」

說着，我做了一個手勢，請他離去。

這一着，大大出乎廉正風意料之外，他瞪大了眼睛，像是有一隻青蛙卡在喉嚨一樣，在喉嚨中發出了一陣「咕咕」的怪聲。這時候輪到我抬頭向天，不去看他。

他僵了片刻，哼了一聲，重重頓足，轉身就走。

我冷笑道：「我想白素他們，轉錯了念頭，以為那張鬼臉會出現，我看他們白等了，應該在游救國屋子裏把鬼臉找出來，我會提議他們先看看馬桶──物以類聚，那是最可能的……」

我故意把話說得難堪之極，就是為了要激怒他，他果然不如我那樣忍得住，我話還沒有說完，他就大叫一聲，突然倒翻過來，一下子就站在我的面前，距離不超過十公分。

由於他個子矮，兩人距離近，他非抬高頭看我不可，樣子十分滑稽。我竭力忍住笑——這時候如果哈哈大笑，非真的和他翻臉成仇不可，必須掌握分寸，不能太過分。

只是廉正風怒容滿面，厲聲道：「甚麼叫做游救國的屋子？」

一時之間我確然難以明白此時此地他何以要問這樣一個莫名其妙的問題。我只是看出他的心情大是不好，所以想氣氛變得輕鬆些，我笑着答道：「游救國的屋子就是屬於游救國先生的屋子。」

這樣的回答，說了等於沒有說，屬於胡調性質。

卻不料廉正風認真之極，倏然伸手，指住了我的鼻尖，聲音更是嚴厲：「那個游救國是冒充的，他冒充了游救國幾十年，他根本不是游救國！」

一聽得他那樣說，我心中的訝異真是至於極點！

我立刻想到的是：廉正風他是怎麼知道現在的游救國是假冒的呢？難道他這個獨立調查員眞的如此神通廣大，連幾十年前發生的事情都查得出來？

而廉正風說完了那一番話之後，頓了一頓，神情很是複雜，像是自己說錯了話，甚至還伸手掩了一下口，當然已經說出來的話收不回去，於是他很生氣地頓足，竟然像小孩子撒賴一樣，就地盤腿坐了下來，不再言語。

他說游救國是冒充的這幾句話，我聽得懂，可是在一旁的張泰豐卻莫名其妙，他顯然知道游救國是本地的一位銀行家，而「冒充」又是犯罪行爲，他警務人員的本能，對這幾句話就感到了興趣，張口想問。而我可以肯定廉正風的話大有機關，事關游救國的秘密，不能傳開去。

所以我立刻連推帶拉，把他送出了門外，向他說：「這裏沒有你的事情了，你去忙你的吧！」

我也不等他有反應，就關上了門，然後轉過身來。

只見廉正風神情充滿了驚訝，望定了我，我也望向他。我們兩人互相瞪視，心中各懷鬼胎。

廉正風心中一定在想：衞斯理這傢伙爲甚麼聽到了我無意中衝口而出的幾句話之後，反應如此古怪，難道他早就知道這個游救國是假冒的？

而我想得更多，心念電轉，首先肯定秘密不會由小郭夫婦或游救國自己洩露，廉正風似乎也沒有理由無端去調查游救國的身份，那麼他是怎麼知道這個秘密的？我立刻又想到當白素聽到蓄水湖旁見鬼，就聯繫到了游救國見鬼，當時我以爲絕無可能，完全是兩回事。可是現在想想，看來是兩件完全沒有關係的事情，很可能有關連。

這眞是匪夷所思至於極點！

在我想來，兩件事唯一勉強可以說有關係的是：當小郭在說游救國見鬼的故事時，老蔡過來吵說沒有水煮飯而已！除此之外，實在想不出還會有甚麼關連之處。

然而現在我的想法卻起了變化。

我和廉正風對峙了好一會，看來廉正風不準備開口，我就先道：「說下去啊！怎麼開了一個頭，就沒有了下文？」

廉正風還是瞪着我不出聲，我估計他對冒充游救國的事情所知不多，至少到現在爲止他還沒有說出冒充者的名字是陳名富。我想多半他是不知道在哪裏聽到了一些風聲，所以開始調查（人家都說我喜歡管閒事，可是比起此君來，眞是望塵莫及），他之所以會調查，當然是以爲其間有犯罪行爲在內，他這種有「以天下爲己任」性格的人，自然要「替天行道」了。

我又推測他為了想假冒者害怕，所以派了他的同伴去扮鬼嚇人。

這時候我以為我的推測很可以成立，到後來才知道不是那麼一回事。

當時我道：「你不開口，我怎麼知道你知道多少？」

廉正風這才道：「你又知道多少？」

我早已經想好，他既然知道冒充的事情，我就算把一切都說出來，也不算是洩漏了秘密。所以我立刻道：「我知道全部——即使不是全部，也有九成。」

廉正風大感興趣的神情，使我知道他所知不多確是事實，他大聲道：「你先說。」

我十分爽快，就點了點頭：「好，我說了你再說！」

我估計廉正風知道的事情有一些是我還不知道的，我怕我說完之後他撒賴不肯告訴我，所以先拿話套住他。

廉正風這時候顯然心急想要聽我說，所以一下子跳了起來，大聲道：「好！」

於是我就開始說陳名富如何冒充游救國的故事。

當我一開始說到當年由於要逃難，游救國和陳名富在火車頂上相遇時，廉正風就聳然動容，失聲道：「原來你眞的知道！」

我怔了一怔，想找出他有這樣反應的原因，我才想到他原來也知道火車頂上發生的事情，還沒有再往下想，他已經一疊連聲地催我說下去，我就沒有再留意。

後來白素聽我講述經過，聽到這個，緩緩搖頭，我不等她對我發出評語，就自己打頭：「我眞是後知後覺！」

當時我把陳名富如何開始只是想把游救國的死訊告訴盧振中，後來，當他看到了盧喜鵲，那是五百年前的風流債，無可解釋、也無可抗拒，註定了他非冒充游救國不可。

我把我所知的原原本本說出來，並且加上了很多我的看法，例如開始我很鄙視陳名富的爲人，可是後來知道盧喜鵲因此得到了畢生幸福的婚姻，也就只好感嘆那是眞正的「天作之合」。

我在說的時候，一直留意廉正風的反應。廉正風這個人有一個好處，他脾氣雖然怪異，可是卻絕不陰沉，不論是喜歡還是不喜歡，都呈現在外表，叫人一看就明白，廣東人打話，稱這類性格的人爲「七情上面」。我喜歡和這種人打交道，因爲可以不必費心思去猜他們在想些甚麼，可以免去許多麻煩。

在他的表情上，我可以看出他有很意外的神情，顯然他事先絕沒有想到事情會是這樣的。

等我說完，廉正風張大了口合不攏，也不知道是由於驚愕，還是由於感嘆。

我攤了攤手：「輪到你說了。」

廉正風果然撒賴，他也攤了攤手：「全叫你說完了，我還有甚麼好說的？」

我笑了笑：「你不說也不要緊，我就把這情形昭告天下，叫天下人認識你這個江湖好漢的眞面目！」

這樣說果然有效，廉正風直跳了起來，大聲道：「衞斯理！你這個人可惡之極！」

我「嘿嘿」冷笑：「不及閣下十分之一。」

廉正風旋風一樣在客廳中打轉，他在動作快的時候，簡直看不清楚他的身形。

他轉了至少三分鐘，才停了下來，道：「事情說不說，我實在不能作主，要和一個與事情有關的主要人物商量一下——我用人格擔保，儘快給你回音。」

雖然我和他針鋒相對，可是我從來也沒有懷疑過他的人格，所以我立刻點頭答應。

廉正風很感激我答應得如此痛快，向我拱了拱手，道：「尊夫人他們可以請回，在那邊等下去不會有結果——他們要弄清楚的事情，我會一併有交代。」

他說完之後，立刻離去。等他走了之後，我才想起他剛才說甚麼「一個和事情有關的主要人物」，那會是甚麼人？

我隱隱約約感到有答案，可是又感到這答案簡直沒有可能，所以又不由自主搖了搖頭。

我心急想和白素商量，而且廉正風也說白素他們等下去不會有結果。現在可以肯定的是，白素他們在等的「鬼臉」，正是那隻「高鬼」，也就是廉正風的同伴。他們既然是自己人，當然知道行蹤，我可以通知白素他們撤回來了。

同時我也想到，那隻高鬼是不是就是廉正風要去和他商量的人？他又是甚麼身份？爲甚麼他會是「和事情有關的主要人物」？

這樣一連串的問題想下來，離答案實在是越來越近了，可是答案實在又太荒唐，所以我必須等白素他們回來，聽了他們的意見之後再作正式的結論。

我通知白素，告訴她廉正風曾經來過，詳細情形請她立刻回來再說。

在白素還沒有回來之前的那段時間，我又把自己提出來的問題想了一遍，覺得那沒有可能的答案實在是唯一的答案——這樣說法聽起來很矛盾，我會在後面解釋。

大約半小時之後，門口人聲嘈雜，門打開，許多人一擁而入。我仔細看了看，除了白素、紅綾回家之外，溫寶裕理所當然在場，還有小郭夫婦——郭夫人十分文靜，極少說話，挽住了小郭，靠在小郭身邊，像是她這個人不是一個單獨的存在。

而最後走進來的是一個身量甚高，腰板挺直，雖然年已古稀，可是看來仍然精神奕奕的老者。

老者臉上皺紋雖然不少，可是當年那股英氣勃勃的樣子還依稀可尋。

這老者當然就是故事的主角，當年冒充了游救國的陳名富了。

我對於整個故事已經很了解，可是卻始終沒有想到陳名富的外形如此出衆，所以這時候很是意外。

後來白素笑我：「你也不想一想，當年盧喜鵲看到了陳名富，立刻就喜歡，就可以知道這陳名富一定是一個美男子！」

我承認自己失察，笑道：「這位喜鵲小姐也真是冒險得很，怎麼可以單憑外表就立刻喜歡對方？」

白素也笑：「你太迂腐了！除非你不以為有一見鍾情的存在，否則所有的一見鍾情事件，都是由於被對方外表所吸引的，何冒險之有？」

我吸了一口氣，腦海中立刻浮起當年第一次見到白素時那種如同遭到雷殛一樣的感覺，到現在還餘波蕩漾，未曾止息，想來其時陳名富和盧喜鵲也是一樣。

白素顯然知道我想到了甚麼，雙頰微紅，兩人都有如飲醇醪的感覺，自然而然握住了對方的手，溫馨無限。

卻說那老者進來，就向我拱了拱手：「我是不速之客，請衛先生原諒。」

我一時之間確然不明白陳名富（游救國）為甚麼要來，我向白素望去，投以詢問的眼色。

白素回答得很鄭重：「我們知道不但廉正風會來，而且還有一個關鍵人物會出現，所以一起來恭候。」

我知道白素所謂「關鍵人物」就是廉正風所說的「主要人物」，我估計就是那隻高鬼，也就是白素他們一直在等候他出現的「鬼臉」。

可是白素爲甚麼稱他爲「關鍵人物」呢？

難道白素他們對這個神秘人的推測和我一樣？

本來我絕無把握相信自己的推測可以成立，但如果白素他們有了同樣的推測，事情就不是完全沒有可能了。

我一面想，一面道：「廉正風只是說會儘快來，並沒有確定的時間，我們等他，不知道要等多久。」

白素揚眉：「等多久都不要緊——太多的謎團要靠他們來解答，尤其是那位關鍵人物。」

我長長地吸了一口氣：「那位關鍵人物……游先生曾經見過兩次……」

游救國卻道：「請稱呼我的本名——我叫陳名富。」

我暫時沒有理會他，望向白素：「對於這個人，我有連我自己都不相信的一個推論。」

話一出口，溫寶裕和紅綾一起笑了起來：「我們也有一個連自己都不相信的推論。」

我更感到他們的推論可能和我一樣，紅綾已經指着陳名富道：「由他來說——是他最先提出來的。」

我立刻向陳名富望去。

（這個故事在人的名字上很複雜，陳名富變成了游救國，現在他又變回了陳名富，這已經夠複雜的了。故事再往下發展，又出現一個新的名字，糾纏在一起，更加複雜，所以要加以留意，不然會出現不知道誰打誰的混亂局面，特此聲明。）

陳名富的表情很古怪，他一字一頓：「我想，這位……戴了可怕面具，在我面前兩次出現的人，是真正的——」

他講到這裏，頓了一頓，等他再開口時，我和他一起叫了出來：「——游救國！」

這就是連我自己都不敢相信的推測！

得出這種推論的原因是：廉正風和那隻高鬼顯然有重大的事情要做，他們要把數以噸計的化學品溶進蓄水湖。不管他們的目的是甚麼，這總是關係重大的大事。就算還有其他的忍術高手幫助（我在《移魂怪物》這個故事中就曾指出過廉正風有許多助手），這項工作也需要他們全神貫注，那隻高鬼不可能在從事如此重大、艱難的任務時，還無聊到去扮鬼嚇人。

所以唯一的可能就是高鬼和被嚇的人之間，有十分重大的關係，使得高鬼非去見一見那人不可。

被嚇者是陳名富（假冒的游救國），高鬼為甚麼在本地幾百萬人中看中了他，當然有一定的原因。

我的想像力就是從這裏開始，我想到陳名富來到本地之後，就變成了游救國，以後就和他自己本身的家人，以及游救國的家人完全失去了聯繫。

他在本地建立了新的人際關係，而高鬼不會一直在本地，是由外地來的。假設當年游救國從火車頂上掉下去，並沒有死亡，僥倖活了下來，一直到幾十年之後，由於完全不相干的事情來到本地，卻發現在這裏有一個銀行家叫游救國——這是一個很少機會相同的名字，於是他想起了當年他自己如果不是有了那件意外，他就是要到這個城市來的，他就對這個游救國加以留意。

而只要稍加留意，就可以發現這個游救國去世的妻子名字是盧喜鵲。

眞正的游救國當然應該知道當年他的父親要他到這個城市來的目的是甚麼，而盧喜鵲的名字又是那麼特別，他當然立刻就可以想到發生了甚麼事——有人冒充了自己的名字——冒充了自己的身份！

知道了有這樣的事情，當然要去看一看那冒充者是甚麼樣子，而且必然也有一個懲處冒充者的計劃。

這就是陳名富見鬼的原因！

而這個鬼，就是眞正的游救國。

我得到了這樣的結論之後，卻又感到它太荒唐，連自己都無法接受的原因是：當年游救國從火車頂上掉下去，而還能保住性命的機會應該等於零！

然而「應該等於零」並不等於「眞正等於零」，其間可能還有千萬分之一、萬萬分之一的機會，他居然沒有死，所以才有如今這樣的局面出現的原因。

雖然這是我自己作出的推論，可是在感到這樣的推論居然可以成立的時候，我也難免感到吃驚。

各人都和我有同感，所以一時之間沒有人出聲。還是陳名富最先打破沉默，他道：「我第一次再見到他的時候，就感到他的眼神似曾相識，第二次恐懼感減弱，更感到我以前見過這樣的眼神，可是卻怎樣也想不到會是他。」

我好奇，因為我還只不過是推論，可是陳名富說來卻十分肯定，我問：「那麼後來是甚麼使你想到是他呢？」

陳名富這時候反倒現出猶豫的神情，搖了搖頭：「我也說不上來，只好說——是一種直覺，他那種眼神告訴我：你的事情犯了！你的秘密守不住了！他的眼神像是有一種審判的力量……所以我知道那是我冒充他名字的那個人來了。不過那時候我以為他是從陰間來向我索債，向我討命的鬼魂。」

他說到這裏，向我們各人望了一眼，嘆了一口氣：「雖然我當年的行為不當，可是我實在不認為我欠了他甚麼，所以我一直想等他再出現，向他說個明白。」

白素笑道：「不，你有欠他，欠他兩百塊大洋！」

白素說到這裏，突然提高了聲音，向門口道：「貴客既然已經光臨，爲何不進來，只在門外徘徊，豈不有失身份？」

隨着白素的話，大門打開，一高一矮兩個人先在門口站了一站，然後一起走了進來。矮的那個是廉正風，大家的視線都集中在高的那個人身上。

只見那高個子身形和陳名富差不多高下（當年陳名富穿上網籃中的衣服十分合身），臉上卻戴了一個面具，那並不是甚麼鬼面具，而只是很普通、很平常的一張人臉，只有雙眼露在面具後面，目光灼灼，很是有神。

經過剛才的分析、推論，我們都很自然的感到他必然就是眞正的游救國了。而這時候廉正風先開口，向高個子指了一指，大聲道：「我向各位介紹，這位是平地青雄先生。」

他接着又把「平地青雄」這個名字，用日語說了一遍，然後望着我們，分明是在等我們對這個名字的反應。

在那一刹間，我心中的訝異實在難以形容，我們都等待着廉正風說出「這位是眞正的游救國先生」這樣的話來，可是他一介紹，說出來的卻是一個日本人的名字。而且看他的那種挑戰的神情，像是我們應該一聽名字就知道這個日本人是甚麼身份一樣。

我確然對「平地青雄」這個名字有印象，可是這時候我的思緒十分紊亂，我只想到：怎麼會呢？怎麼會不是游救國，而是甚麼平地青雄呢？根本無法去想平地青雄應該是甚麼人。

而被廉正風介紹爲平地青雄的人，進來之後和陳名富相距大約三公尺，互相對望着，兩人的視線都未曾分開過。

白素緩緩吸了一口氣，聲音很平靜，道：「平地先生——是平地院長吧？」

給白素這樣一說，我陡然想了起來，是，我是應該知道這位平地青雄先生的。

這位平地先生，是一家規模不大，可是在醫學界地位十分崇高的醫院院長。平地醫院的名字，在我和勒曼醫院打交道的過程中，不只一次在勒曼醫院各人的口中聽到過，而且被稱許、推崇，即使在勒曼醫院各人的心目中，也有很高的評價。

平地醫院最被推崇的人物，自然是平地青雄院長，從醫院的名稱來看，可以知道那是一家私人創辦的醫院。而平地青雄院長的研究，集中在人體內分泌系統，尤其是內分泌對腦部活動的作用，也就是說，研究內分泌對人類行爲所起的作用。

平地青雄院長好幾篇關於內分泌對人的情緒起重大影響作用的論文，受到全世界醫學界普遍的認同。

內分泌系統是人體組織中最神秘的一部份，現代醫學對這一部份所知不多，而且有一個現象：越是深入研究，就越是發覺有太多的不明白之處，簡直如同汪洋大海一樣，深不可測。只知道人體內有許多分泌物不經過導管而直接進入血液循環，在人的身體中佔極重要的地位，決定生命的完整與否，更影響人的行爲。

已經被發現和分析出來的內分泌物，有許多種，對人體、對生命的作用也已經被確定。可是誰也不知道還有多少種沒有被發現，當然也不知道這些還沒有被發現的內分泌物對人體和對生命對人類行爲有甚麼影響。

這位平地青雄院長主持的平地醫院，集中了許多優秀人才專門研究內分泌。平地青雄更提出了必然有幾種內分泌強烈地影響人類的行爲，有許多傳統的、普遍的人類行爲，和人類某些本性，由某幾種內分泌和遺傳因素相互結合、相互影響而形成。

他的理論是，要使人類的行爲發生變化，改變遺傳因素很困難，改變內分泌比較容易，因爲通過改變內分泌的狀況來醫療疾病的方法早已經被普遍使用，只要找出哪一種內分泌影響哪一類行爲，就可以對症下藥。

這個理論得到了相當普遍的承認，當然也有很多人取笑說：最困難的就是如何發現哪一種內分泌影響哪一類行爲，所以這種理論說了等於白說。

而這位平地青雄院長，也不理會外界的反應，很少和外界接觸，我在一些專門的醫學雜誌上看到過對他和他的理論的介紹，很認同他的見解，所以對他的名字很有印象。

在和勒曼醫院中人的交談中，我們也都曾經提到過平地青雄和他的理論，連勒曼醫院方面也認爲人體內分泌系統十分神秘，他們掌握了不少，可是也無法測知已掌握的佔全部的百分之幾。

有兩次到日本，恰好和醫學界有聯絡，我曾經提出想和平地青雄院長見見面，可是聽到的人都搖頭，說是這位醫學怪傑從來不肯見人，連他們都沒有見過，當然無法替我介紹。

久而久之，對他的印象也就漸漸淡薄了，會在這樣情形下和他會面，是再也料不到的事情，何況我們一門心思在等真正的游救國出現，怎麼忽然跑出了一個平地青雄來了呢？

雖然經白素一提，我想起了他是甚麼人，可是驚訝更甚。而陳名富、紅綾、溫寶裕卻還是不知道平地青雄是何等樣人，神情當然也驚愕無比，不知道這個戴着面具的人，爲甚麼會出現。其間陳名富的反應很特別，他還是盯着平地青雄看，口唇顫動，想要說話，卻又沒有聲音發出來。

廉正風在一旁看了我們的這種反應，好像惡作劇得逞的小孩子一樣，大有得色。

由於是白素第一個對平地青雄這個名字有反應，所以我們都等她作進一步的應對。

這時候我只覺得直挺挺站在那裏的平地青雄，充滿了神秘感，這種神秘感不但來自那個面具，而且是從他身體中散發出來，叫人很不舒服。

## 九、深思

白素在問了他是不是平地院長之後，他也沒有回應，仍然盯着了陳名富，在他身邊的廉正風代答：「正是平地院長。」

白素皺着眉，一時之間也不知道再說甚麼才好，顯然她也想不到何以會突然冒出了這樣一位人物來。

這時候廉正風的神情更是洋洋自得，他的這種神情給了我靈感，使我可以肯定他必然弄了甚麼玄虛，捉弄了我們，所以才有這種神情。

他進來之後，只是介紹了平地青雄，要有古怪的話，當然就出在介紹上。

突然之間我腦中靈光一閃，脫口便道：「平地院長戴了面具，不單是爲了遮掩臉面，而且也是爲了遮掩眞正的身份吧！」

此話一出，不但廉正風得意的神情消失，平地青雄也把視線離開了陳名富，轉到我的身上。

他目光灼灼瞪視着我，我也回望着他，他忽然一伸手，取下了面具來。

雖然人人都知道，英俊小生不會戴着面具見人，戴面具的人臉上總有些不尋常之處。然而當他取下面具，同時又很快的將頭伸向前，直來到我眼前的時候，我還是大吃一驚，明白何以陳名富兩次都說是看到了「鬼臉」的原因。

因爲一看到了這張臉，視線實在無法離開，也就不會去留意臉之外的任何東西了！

我並沒有後退，只是緩緩地吸了一口氣，盯着那張臉，在想：在甚麼樣的情形下，人的臉才會變成這樣子？

如今我看到的那張嚴重變了形的臉，顯然不是天生，而是經過了可怕的變故而造成的。

確如陳名富和典希微所說那樣，這張臉沒有鼻子，在應該是鼻子的地方，只是一個形狀不規則的洞，看來很深，裏面還有一些不知名物體在掀動。而在鼻子的四周，全是重重疊疊的疤痕，有的很厚，墳起一大塊，有的凹進去，形成一個深坑，完全沒有人臉原來的樣子。

我甚至於不知道過了多久才開口，而一開口說的話連我自己聽了也覺得不得體至於極點。

我說的是：「你雙眼居然可以保持完整，真是奇蹟。」

那張鬼臉牽動了一下，口部（是另一個洞）變大，露出了一口牙齒，同時發出聲音：「還有牙齒，也是奇蹟。」

白素在一旁柔聲道：「生命在這種情形下，還能保存，這才是真正的奇蹟。」

陳名富一面深呼吸，一面走了過來。他和除下了面具的平地青雄又互相盯視了一會，才道：「火車頂上一別，不覺超過了半個世紀，別來……」

他說到這裏，再也說不下去。本來當然是應該說照例的問候話「別來無恙否」，可是對着這樣的一張臉，這句話也就無法問得出口了。

陳名富只好苦笑，而在平地青雄那張受過嚴重傷害的臉上，也完全無法看出有甚麼表情，但是還是可以感到他在聽了陳名富的話後，很是激動。

事態發展到了這個地步，大家都可以明白：平地青雄就是當年的游救國！

廉正風一上來不介紹說他就是游救國，當然是故弄玄虛。

一時之間人人心中的疑問是：游救國怎麼會變成了平地青雄的呢？

故事在人的名字上，變得很複雜——陳名富變成了游救國，游救國又變成了平地青雄，那麼應該還有原來的平地青雄，又去了甚麼地方？

陳名富變成游救國，有一個夢幻一般的美麗故事。游救國變成了平地青雄，當然也有故事，然而可以想像，這故事的經過一定不會愉快，也不會美麗——這一點當然是從他那受嚴重傷害的臉聯想出來的結論。

然而不管故事是多麼的不愉快，平地青雄總應該告訴我們才是。我性子急，張口想問，卻被白素拉了拉手制止。

這時候平地青雄（游救國）在回答陳名富的話，他道：「超過半個世紀……閣下又如何？」

他一開口，聲音聽來雖然古怪，可是語調卻平和之極，像是這半個世紀來，陳名富生活如何，和他一點關係都沒有，他只不過是隨便問一問而已。

陳名富本來整個人像是繃緊了的弓弦一樣——他既然認出了眼前的平地青雄就是游救國，他冒充了人家的名字、身份，不知道人家準備如何找他算帳，心情自然緊張。而平地青雄說了那句話之後，人人都可以感到他根本沒有算帳的意思，所以陳名富也大大地鬆了一口氣，整個人都輕鬆了起來。

他走向前來，神情有些不好意思，道：「這些年來，假冒了你的名字和身份，過得很好……一切都是拜你所賜。」

陳名富說到這裏，頓了一頓，又繼續道：「已經沒有了的，也沒有辦法了，還在的、有的，都可以還給你。」

平地青雄抬頭看着天花板，忽然笑了起來，笑聲雖然難聽，可是也可以聽出並無惡意，他道：「你欠我甚麼？甚麼也不欠！名字，身份算甚麼！我又拿甚麼去還平地青雄？」

他說到這裏，伸手指向陳名富的胸口：「你是你，我是我，不管你我叫甚麼名字，你還是你，我還是我！」

他的這兩番話，聽來像是很深奧，可是實在很簡單。也就只有大徹大悟、看透了世情的人才能說得出來。

從這些話中，當然可以肯定他不再計較陳名富冒充他身份的事情了。

後來我和白素討論何以游救國一下子就原諒了陳名富，白素的推論相當駭人。

她道：「那幾天我們在等鬼臉出現，沒有等到，我想實際上他就在我們的身邊，只不過我們沒有發現而已，所以陳名富講的一切他都聽到了，在明白了一切經過之後，當然沒有理由再責怪陳名富，因為陳名富除了冒充他的名字之外，實在沒有做過甚麼對不起他的事情。」

白素說到這裏，略停了一停，又十分感慨：「陳名富不但沒有做甚麼壞事，而且對某些人來說，還做了很好的好事。盧振中在臨死之前得到了滿足，而就算真正的游救國完整無損地來到，他和盧喜鵲是不是能夠成為一對恩愛夫妻，也很難說——世界上由始至終都恩愛不渝的夫妻不是很多！」

我非常同意白素的說法，而且事實上游救國經過了可怕的變故之後，如果他出現在盧振中和盧喜鵲的面前，不把他們兩父女嚇死才怪！

卻說當時陳名富聽得平地青雄（游救國）這樣說，一時之間神情激動無比，以致於說不出話來，他走前一步，向游救國跪下叩頭，游救國並沒有讓開，由得陳名富叩了三個頭，才伸手把陳名富拉了起來，道：「受了你這三個頭，任何事情，一筆勾銷！」

陳名富站起來，大大地吁了一口氣，神情無比輕鬆，顯然幾十年來壓在他心頭的大石，已經放下。

由此可知這半個世紀來，雖然他頂着游救國的名字，好像擁有了人間的一切，可是心中實在不很好過，直到這時候，他的心靈才眞正得到了解放。

陳名富歡欣莫名，隨即又很傷感：「要是喜鵲知道會有現在這種情形就好了！唉！她在去世之前，還放心不下——我心頭的大石，就是她心頭的大石啊！」

小郭過去扶他在沙發上坐了下來。我們的目光不約而同都集中在廉正風的身上。

這時候只剩下兩個問題了：一，游救國何以會變成了日本人平地青雄？二，他們兩人究竟在大蓄水湖搞了甚麼鬼？

本來第一個問題應該問游救國，可是看到游救國這種模樣，可以肯定他一定有過十分慘痛的經歷，不便直接問他。我們都以爲廉正風一定知道其中經過，所以希望由他來說。

卻不料廉正風雙手亂搖：「別問我，我也甚麼都不知道——我一直只知道他是平地青雄，不知道他原來是中國人，還居然叫游救國！」

我們聽得廉正風這樣說，就緩緩地轉移視線，轉向游救國。

游救國抬頭向天，並不和我們的視線接觸。

我想開口催他，白素已經道：「我想我們想知道的經過，一定不愉快之極，如果當事人不想說的話，應該有這個權利。」

白素這以退爲進的方法十分有效。游救國低下頭來，吸了一口氣：「我不是不說，事實上我還有一些問題要請教衞先生和衞夫人，只是我不知道從哪裏開始說起才好。」

我立刻打蛇隨棍上：「當然從火車頂上發生意外說起。」

游救國又深深地吸了一口氣，他的臉雖然已經沒有人形，可是還是可以看出在那一剎間他心頭感到的痛苦，由此可知當時發生的意外是如何可怕。

不過他一開口，聲音卻相當平靜，他道：「後來查明白，是隧道頂部有一部份由於建築時期偷工減料，所以有一大塊水泥鬆了下來。火車向前疾駛，在火車頂上的人撞在那塊水泥上，開始的一些都成了碎塊，當時我只覺得一股大力撞了上來，人就向下摔，當時只覺得臉上一陣劇痛，也無法確切知道發生了甚麼事情，人就昏了過去……」

游救國開始敍述他遇事的經過，他敍述的方法十分特別，顯然在事後他做過詳細的調查，所以他在說的時候，很多處都用了事後知道究竟之後的解釋。

他當時感到臉上一陣劇痛，是由於他從火車頂上被撞下來的時候，身子打了一個轉，臉向隧道壁，而由於慣性定律，他的身子還保持着相當快疾的速度向前移動，在他的臉撞上了隧道壁的情形下，等於他的臉在粗糙之極的水泥壁上摩擦，凸出的鼻子首先不知去向，而臉上當然也立刻血肉模糊。他估計自己不幸中之大幸的是，當時他的頭部可能略向後仰，所以腦殼得以沒有受損，而且連一雙眼睛也保存了下來。

當他昏過去之後，當然掉了下來，人還在隧道之中。不知道過了多久，他有了知覺，他摸到自己臉上是爛糟糟的一片，而身邊全是屍體，他整個人也像醃進了血漿和肉漿混合的大缸中一樣。

游救國在說到這一段經過的時候，並沒有太詳細說他當時身體上感到的痛苦——其實不必說也可以想像那種痛苦的程度。

他倒是加以解釋，道：「地獄其實就在人間。往後的日子裏，隨便我怎樣設想，也想不出地獄和我的遭遇比較，有甚麼可怕之處。而再後來，我又在很多人身上證明了這一點：眞正的地獄，就在人間，而且是人自己建造的。」

當時他的這番話，後面的一半還不是很容易明白，要聽他說下去才了解。

游救國用盡了氣力，才能使自己抬起頭來，努力掙扎，抹去了眼睛上已經乾了的厚厚的血塊——在這時候他已經知道自己失去了鼻子，奇怪的是居然可以透氣。

他看到了亮光，那是隧道出口處傳來的光，他先是向前爬，等到不知道爬過了多少殘缺不全的身體之後，才能夠慢慢地站了起來。發現自己手腳身體都沒有受傷，他奔出隧道之後，張口大叫，隨着他的叫聲，噴出了大股鮮血，他一吃驚，從一個斜坡上滾了下去，同時再度昏厥。

再次醒過來，已經是黑夜。他受創極重的臉上陣陣劇痛，他好不容易生了一堆火，燒了草灰，和着泥土，塗在臉上。

後來他經過長時期的思索，始終不明白自己在這樣痛苦的情形下，爲何不乾脆選擇死亡，而要忍受那樣的苦楚，掙扎求生。

他最初思考的結果，認爲那是人有求生的本能，所以他才會如此。可是世界上偏偏又有不少人，所受的痛苦不及他的千分之一，或者甚至於根本沒有痛苦，卻踴躍用各種方法結束自己的生命，從那種情形來看，「人有求生的本能」這種說法似乎不能成立，至少有太多的例外。

從這一點開始，他深入研究、探索人的本性，越是研究越是發現人的本性虛無飄渺、難以捉摸至於極點。由本性決定的人類行爲，有的有強烈的共通點，有的卻又截然不同。

他歸納了一些共通點——這比較容易，而不同的本性有多少人就有多少種，無法歸納、計算、舉例。

他也發現一個人的本性並不是單一的，而是複雜的複合組織，別說研究全人類的本性了，就算研究單一的一個人，也幾乎是不可能的事情。

游救國在敍述他的遭遇時，忽然就人類本性大發議論，聽得我們莫名其妙。當時由於看他說得十分認眞，所以不好打斷他的話頭，心中實在相當不耐煩。後來才知道他的這種思考，十分重要——至少是這個故事重要情節的有關部份，所以我順序記述。

人的生命很奇怪，有時候受盡折磨和苦難，一樣可以活下來；有時候莫名其妙甚麼事情都沒有發生過，卻突然死亡。

游救國在當時，實在沒有活下來的理由，可是他卻偏偏沒有死。在接下來的幾天中，他不辨方向，只要不處於昏迷狀態，就一直掙扎移動身體，毫無目的地移動，有的時候爬、滾，有的時候腳高腳低向前走。

他經過的地方，都沒有人，有的村莊，顯然才經過戰火，房屋毀壞不堪，到處都是屍體。游救國身上的衣服早已發出難聞之極的臭味，所以在看到有一具屍體，衣服還很完整，他就脫去了身上的衣服，扒下屍體的衣服換上，繼續前進。

事後不論他如何努力，都無法回憶在那段日子裏他究竟想過些甚麼。他懷疑那時候他的腦部是不是還有活動，他最後認爲當時腦部完全停止活動，只有身體還有動作。而腦部自動停止活動，是爲了保護生命的延續——在這樣情形下，只要稍爲有一些思想，人就會活不下去！唯有甚麼都不想，才能活下去。這情形就像人的身體在遭到不能忍受的痛苦時，人就會昏過去一樣。

這樣不知道過了多少天，來到了一條河邊，他趴在河邊，把整個頭浸在水裏，喝了很多水，才抬起頭來，臉上的泥土被水浸得脫落，在河水的倒映中，他先是看到了一團爛肉，接着他發現如此可怕的東西是一張人臉，再接着才知道這是自己的臉。

他發出了一下慘叫聲，昏了過去。

這一次昏迷，等到再醒過來的候，還沒有睜開眼，他就感到自己所處的環境十分不同，絕對不是在河邊。

他可以清楚感覺到自己是躺在牀上，而且四周圍有人在，那些人在低聲說話，游救國定了定神，聽出那些人說的是日本話。

在這裏必須說明的是：游救國忽然之間變成了平地青雄，雖然是極度的偶然，可是也有其一定的必然。如果游救國不是精通日本文字和語言，他也無法成爲平地青雄。

游救國的父親游道聖是日本留學生，游救國從小就受日文訓練，所以當時陳名富不會說日本話，盧振中感到十分奇怪。

游救國當時聽得在身邊的人說的是有關醫藥方面的話，他立刻知道自己在醫院中。

直到這時候，他的腦部活動才漸漸開始，可是他仍然不知道發生了甚麼事情。他掙扎着發出了一些聲音，然後抬起手向臉上摸去，碰到的是包紮在臉上的紗布。

也就在這時候，他聽到好幾個人在叫：「少佐醒了！」

他努力睜開眼睛，發現在牀邊的不但有醫護人員，而且還有軍階很高的將官。所有人望向他的神情，使他知道他們是在望着一個十分重要的人物，而且都爲這個重要人物醒過來而高興。

不用多久，游救國就知道自己確然是一個重要人物——當然他不是一下子就知道的，而是在這家戰地醫院經過了三個月的治療之後，一點一滴，漸漸地掌握資料，才弄清楚日本皇軍把他當成了甚麼人的。

他知道自己的名字變成了平地青雄，軍階是少佐。而他之所以被誤認，是由於他被發現的時候身上所穿的衣服屬於平地青雄，而且在褲子的皮帶暗格之中，還藏有平地青雄的身份證明文件。

游救國知道自己第二次絕處逢生——在那個屍橫遍野的村莊裏，他換了一具屍體的衣服，那具屍體才是平地青雄。

開始游救國覺得奇怪，因爲衣服並不是軍裝，而是平民的服裝，後來他漸漸在人家對他的談話中，知道平地青雄少佐隸屬於特種情報部隊，平時以便服進行特務活動。

（不過游救國始終沒有弄明白平地青雄是如何死在那個村莊的，他只好假設是平地青雄的特務身份被發現，被當地的民衆或者是游擊隊打死的。）

後來他更知道，平地青雄受軍部的重視，是因爲平地青雄的父親，原來是一家醫院的院長，奉召加入軍隊之後，是中將醫官，在部隊地位很高。

再後來，他更知道，平地青雄之所以能夠成爲特種情報部隊的軍官的原因之一，是他曾經受過嚴格的忍術訓練。

後來游救國假裝自己對過去的一切都因爲受傷而沒有了記憶，最高忍術高手因為他是「為國受傷」，又重新訓練他，把忍術中有些絕不輕易傳授的絕技傾囊相授，游救國因此還承受了最高高手的衣鉢。在忍術中地位極高，遠在廉正風之上，所以他來有所行動，廉正風才傾力幫忙。

游救國能夠使所有人並不懷疑他的身份，當然是基於兩個原因。

第一，他臉上所受的傷極之嚴重，使人一看到之後先是感到恐怖，然後就是同情，認為受了這樣的重傷之後還能活下來是一個奇蹟。所以沒有人會對有一張如此可怕的臉的人，再深究甚麼。既然他被送進醫院來的時候，身份已經被定為平地青雄，所有的人就都不懷疑。

這「所有的人」包括了平地青雄的父親、同袍和忍術方面的高手在內，都從來沒有懷疑過。

而游救國又利用了面部受傷的機會，假裝失去了記憶，使得所有的人，都爭着向他說平地青雄以前的事情，以幫助他「恢復記憶」，所以不需要多久，他就了解平地青雄過往的一切，用平地青雄的身份生活，更加沒有問題。

第二個原因，是巧合中的巧合——游道聖當年留學，是在日本的四國，所以學的日語帶有特殊的四國口音，所以游救國的日本話也是如此。而平地青雄父親的醫院，設在四國，平地青雄在四國長大，當然學會了當地語言的腔調，所以游救國一開口說話，凡是原來熟悉平地青雄的人，都毫無保留地相信眼前的人，是毀容之後的平地青雄。

在這種情形下，沒有人會想到事情會有這樣的曲折。

在醫院經過了初步治療之後，游救國被送回日本去，先是在東京的大醫院，後來在平地青雄父親和忍術高手的堅持下，回到四國的平地醫院休養。

這段日子，不但他的身份起了不可思議的改變，他的思想觀念更是有了很大的變化。

變化的開始是在戰地醫院中，他的傷造成的後果十分可怕，可是實際上傷勢並不是很嚴重，獲救之後不幾天，他就可以離開病牀，甚至可以幫手照顧其他的傷者。

戰地醫院中的傷者，當然全是戰爭中受傷的軍官和士兵，第一天接觸這些受傷的官兵，游救國就受到了極大的震動。他在受傷之後，認為自己的遭遇悲慘之極，進入了人間地獄。而在接觸到了其他的傷者之後，他才知道，地獄雖然是人類自己製造出來的，而且就在人間，可是眞的像傳說一樣，分成十八層！

他的情形，只不過是在第一層、或者是第二層而已，遭遇比他悲慘、可怕的還有十六七層之多！

游救國在說到這裏的時候，舉了一些例子，說的全是受重傷官兵的慘狀，有些嚴重的根本整個人都已經支離破碎，可是偏偏還活着，無分日夜發出痛苦的號叫。

游救國所舉的例子，恕我不一一重述，因爲那是令人絕不愉快的畫面，和陳名富、盧喜鵲相見的歡暢情形截然不同。令人高興的事情不妨詳細說，令人噁心的事情，可以簡略就簡略，想來大家都會同意。

而這種人間地獄的景象，給游救國心理上帶來巨大的衝擊，使他開始深思。

當時他想到的還只是爲甚麼會有那麼多悲慘的情景出現，人爲甚麼不能好好的、平安的活着，而要受到那麼多人爲的、可以避免的苦難。

這種苦難完全是人類本身製造出來的，並非是自然的生、老、病、死亡。

如果自然的生老病死就足以使當時身爲王子的釋迦牟尼感到生命的無奈，而進行深思，那麼人爲的苦難就應該更能發人深思，從而找出避免的方法，使人類的生活之中，不再有活生生的地獄存在，就算活得不快樂，至少也要不痛苦。

他沒有多久，就已經有了一套自己的想法，他認爲人類的苦難由許多原因造成，而其中佔很大部份的苦難是來自戰爭。

至少他就切身體驗到戰爭帶來的悲慘和痛苦是如何之甚，不單是在戰地醫院，當他到了四國的平地醫院之後，平地醫院也接納了許多傷兵，在傷員的呻吟中，他的這種體會，一天比一天深切。

游救國在敍述的過程中，詳細的舉了很多受傷官兵如何痛苦、可怕的例子，我和溫寶裕紅綾都總算耐着性子聽他形容，他可以花上半小時來說一個頭部受傷的軍官，炮彈把他的頭部下半部整個炸去了的情形，聽得人不寒而慄。

他舉這些例子還可以忍受，可是他忽然之間長篇大論說起這種情形如何引發他深思的因由來，而且看來準備把他的思路歷程詳細道來，這就有些難以忍受。

或許他會通過這種切身體驗，發爲深思，結果可能創造出一門宗教來，但是他的思路歷程，聽起來難免沉悶。

所以我一連兩次有了不耐煩的動作。

游救國像是並沒有發覺，仍然自顧自在說着。廉正風狠狠地瞪了我一眼，白素吸了一口氣，反手握住了我的手，示意我要耐心聽游救國說下去。

白素這時候的神情十分嚴肅。游救國已經毀容，無法看到他表情如何，可是從他的眼神中也可以看出他對自己正在說的話感到十分重要。

所以我總算沒有第三次動作，耐着性子聽下去。

游救國感到戰爭是許多苦難的罪魁禍首，由戰爭衍生出來的悲劇不可勝數，豈止是受傷的官兵而已。

戰爭給人類帶來無窮無盡的苦難，照常理來說，人類應該對戰爭這種行為深惡痛絕才是。

# 十、合作移性

然而反常的是：人類自有歷史記載以來，竟然沒有中斷過戰爭！說全部人類歷史都是由各種各樣大大小小的戰爭所組成，也可以成立。這種現象，似乎說明了戰爭是人類的本性。

然而戰爭帶來苦難，人類卻又有逃避苦難的本性。

這豈非矛盾之極？

游救國想到這一點的時候，曾經有相當時間的困擾，然後才豁然開朗，想通了其中的關鍵。

他是從人類本性出發，開始去想，然後有了結論。

他先肯定人類本性之中，絕沒有追求苦難的願望。

而人卻有貪婪、佔有、掠奪、追求權利……等等的本性。某些（極少數）人把這類本性擴大，就會引起戰爭。

然而戰爭卻又不是少數人可以完成的行爲，必須由許多人對許多人共同進行，這許多參與戰爭行爲的人，不想經受苦難，卻又參與製造苦難的行爲，又是甚麼原因？

游救國說到這裏，我開始感到游救國的深思有點道理。

我現在記述游救國說的話，已經儘量簡化，大約只有當時他說的十分之一。因爲雖然有點意思，可是畢竟很悶。如果不是他的想法後來發展成行動，變成故事情節的一部份，我會把它全部刪去，以免影響故事的趣味性。

游救國還是從人類本性上着手去想，他想到了人類普遍的在本性中存有一種奴性，奴性最具體的表現是：許多人會莫名其妙，不加分析地聽從極少數人，甚至於是單一一個人的命令！

在游救國說到這裏的時候，我已經開始明白他想說明些甚麼了。所以我補充了他的說法。

我道：「人性非常複雜，許多人聽從單一一個人的命令，完全隨着單一一個人的意旨行事，不單是由於奴性，也由於無知、盲目和所謂羊羣心理，更有的是畏懼權力或者想討好權力……原因太多了！」

游救國對於我加入他的思想，感到很興奮，雙手揮動：「我說的奴性，是廣義的，就包括你所說的種種原因在內，總之單一一人，或一個由少數人的組織，能夠控制許多人的行為，是基於許多人的奴性。」

他要替「奴性」這個名詞加上廣義的解釋，我倒也並不反對。

游救國繼續他的想法：戰爭是許多人對許多人的行為，可是參與戰爭的許多人，實際上並不想戰爭，要戰爭的只是最上層的少數人。如果許多人的本性之中沒有奴性，根本不聽從少數人的命令，那就根本不會有戰爭——少數人想戰爭，就他們自己去打好了，那只是打架，最多是打羣架，絕不會形成戰爭。

所以要使人類生活中最大的禍害消失，必須先使人的本性之中的奴性消失。

當人類沒有了奴性之後，戰爭狂人還如何能發動戰爭？

游救國說到這裏，雙眼放光，可知他心中由於有了這個發現而興奮之極。

我聽了，卻有啼笑皆非之感。道理確然如此，可是如何使人類本性中的奴性消失呢？

大家都知道本性是怎麼一回事，可是根本沒有人可以說得出來本性究竟是怎麼一回事——它在哪裏、由人體哪一部份產生、受甚麼力量的控制……有太多沒有答案的問題。

我吸了一口氣，把這些問題提了出來。游救國並不回答，自顧自說下去。

當游救國想通了這一點的時候，他把自己想到的、他認爲是眞理的想法深深藏在心底，不敢向任何人透露。因爲當時的環境，幾乎所有人都處於戰爭的狂熱中，他那種要徹底消弭戰爭的想法如果暴露了，儘管他是「英雄」，也難免不會有好下場。

而他在到達平地醫院之後，就開始利用醫院中的設備進行研究，同時自己進修醫學。這種過程十分艱苦，他一直堅持下去，等到大戰結束，平地青雄的父親去世，他承受了平地醫院，就把研究範圍儘量擴大，而且招攬專家。然而他卻發現世界上研究甚麼東西的人都有，卻偏偏沒有人研究人類本性，就算有，也全是空泛的理論或哲學，絕沒有從實際的、醫學的角度來研究，所以根本找不出人類本性的由來和存在。

游救國的目的是要改變人類本性，在根本找不到本性在哪裏、以甚麼方式存在的情形下，他如何能夠着手改變？

他根據本性決定行爲這一現象，假設本性是由於腦部活動所產生，和腦部活動有密切的關係。本性的形成，他假設是先天遺傳和後天影響相結合而成。

他又假設，腦部活動受內分泌影響，那麼可以聯想到本性也受內分泌的影響。

他替自己找到了方向，就鍥而不捨從研究內分泌開始，去實現他的理想。

年復一年，他確然成爲內分泌研究的權威。

聽到這裏，我們都苦笑——沒有人懷疑平地青雄在人體內分泌研究上的權威地位，可是那和要把人性作改變，還是天文數字的距離！

游救國看到了我們的反應，他很沉着地繼續說下去：「在我的研究有一定成績的時候，我開始實驗。」

大家都集中精神，聽他如何開始實驗。

游救國分析出了一些物質，由內分泌系統產生，他認爲可以影響人的行爲。而他選擇了鴨子作爲實驗的對象。

當游救國說到「鴨子」的時候，我們都有訝異的反應。游救國道：「在醫院附近有一條河、一些港灣和湖泊，有許多養鴨人家，我在散步的時候，觀察到鴨羣的行爲。一羣鴨子，不論是幾百隻還是幾千隻，都一定有一隻鴨子帶頭，另一隻鴨子押尾。其他所有鴨子都根據帶頭鴨子行進，帶頭鴨子走到哪裏，大羣鴨子就跟到哪裏，不會做其他的考慮。鴨子的這種服從帶頭鴨子的本性，和人類盲目認同領袖的本性，在本質上完全一致。」

聽游救國解釋爲甚麼選擇鴨子作爲實驗的對象，我不禁苦笑。不單是鴨子，有許多動物，都有服從領袖的本性，人是動物之一，自然也難免如此。然而承認了人有這種本性，也就等於承認人和其他動物在本質上並沒有多少差別——這無論如何不是令人感到愉快的事情。

游救國從鴨子的行爲着手，開始研究改變動物本性的可能性。他的假設，還是從腦部的內分泌組織開始，經過不斷地試驗，他發現切除某一種內分泌之後，鴨子就在行爲上不服從帶頭鴨子，而且離開鴨羣，有獨立的行爲。

他替上千隻鴨子動了這樣的手術，除了有三分之一死亡之外，其餘經過手術的鴨子，在行爲上完全成爲獨立的個體，而不受羣體影響，帶頭鴨子更對這些鴨子的行爲，完全沒有影響作用。

取得了這樣成績的時候，離大戰結束已經有二十多年。游救國望着那羣經過他手術的鴨子，在行爲上完全不受本性指揮，帶頭鴨子嘗試去約束牠們，牠們會反抗，會勇敢地攻擊帶頭鴨子。

每當游救國看到帶頭鴨子反而被攻擊得狼狽而逃的時候，他就開懷大笑，想像着當年納粹領袖一聲號令，如果根本沒有人聽從，或者更羣起而攻之，那麼希特勒、戈培爾之流，也就只好抱頭鼠竄，落荒而逃，絕對無法發動戰爭，禍害人類。

而當時之所以有那麼多人，聲嘶力竭地高叫「希特勒萬歲」，完全是由於人類本性之中奴性在起作用——所有高叫「某某人萬歲」者，都是受本性中奴性的推動而做出的行爲。

游救國知道自己的發現，如果施在人的身上，同樣可以改變人類這方面的本性，從而達到從此以後，再也沒有人可以發動戰爭、再也沒有人可以以自己的瘋狂帶領億萬人進入瘋狂境地的事情發生。這對人類來說，是從低等生物進入高等生物的重要程序。

他知道這個發現，是人類有史以來最偉大的發現。然而他的研究到這時候卻停滯了下來。

因爲他無法拿人來做實驗——就算他可以對人進行那種改變本性的手術，他也絕對無法對全人類進行那種手術。

於是游救國就改變方向，既然他已經找到了人類這種本性的由來，用手術改變當然最直接，然而要使許多人、最好是全人類，都在本性上起變化，用藥物來達到目的，當然比手術有效得多！

當游救國說到他開始研究用藥物來改變人類本性的時候，原來所有坐着聽他敘述的人，都霍然起立。

我們在同一時間想到了同一事情：那些大量被溶進了蓄水湖中的化學品！

游救國和廉正風自然都很明白我們爲甚麼會有這樣的反應。廉正風十分驕傲地向游救國指了一指：「他研究影響內分泌的藥物，很有成績——在鴨羣的實驗中，起到和手術同樣的作用，近十多年來，他大量製造這種藥物，而且肯定了絕對沒有任何副作用，所以決定使用——」

廉正風話還沒有說完，我首先叫了起來：「為甚麼選中本市？」我相信游救國立刻給我的回答並不是眞正的原因，他道：「因爲本市使用蓄水湖的水，容易下藥——容易使最多人接受藥物。」

我完全不相信他的回答，可是我和白素互望了一眼，都沒有追究下去，因爲我們感到，追究下去，得到了眞正的答案，會無趣之極——這樣說，好像是我們已經知道了眞正的原因。確然如此，然而我們也不會把眞正的原因說出來，理由很簡單：說出來了，會無趣之極。我勸大家不必去想這個問題。

故事到這裏，已經可以算是結束了。

不過，還有一些餘波，必須交代。

餘波之一，是游救國急着要離開，所以他委託我觀察他發明的藥物，起了甚麼樣的作用。

接受這樣的委託，實在令人啼笑皆非。因爲不但這是用人來做實驗，而且是數以百萬計的人，更而且我也是其中之一！

後來，我給游救國的報告是：在大蓄水湖恢復供水，也就是有數以百萬計的人，接受了藥物之後，若干時日，本市民衆有歷史上從來未曾發生過的異常行爲。這行爲完全自發、獨立、醒悟、不受操縱、敢於反抗、和強權對立、不甘被宰割、用行動來表達了自己的意願，形成空前的熱潮。

誰都知道，這種行爲如果持續，就必然可以自己控制自己的命運，而不會隨人擺佈。這似乎就是游救國發明的藥物在起作用，改變了本市民衆的本性。

然而，就算那是藥物的作用，藥物顯然不是很成功，因爲作用的時間非常短暫，如同曇花一現，慷慨激昂的反抗情緒消失，順從聽命的本性恢復，向強權的抗議，恢復成向強權的叩頭，把自己的命運完全交到強權的手裏，而且還不斷地進行自我催眠，相信這樣會更好——把人類的本性發揮到了淋漓盡至的地步。

如果那一個短暫時期的異常行爲，確然是由於藥物改變了本性的結果，那麼游救國的研究可以說是成功了，只不過由於人的本性太難改變，所以才會只有一下子的轉變。

這一點，我無法下結論，要讓游救國去判斷。

餘波之二，是游救國、廉正風他們和忍術組織之間的關係。我好幾次想詢問其中的詳細情形，都被白素制止。

白素阻止我發問的理由是：忍術組織極其隱秘，絕對不會向外人透露半點消息，問了也是白問，何必自討沒趣。

我接受了白素的理由。可是溫寶裕卻不服氣，而且他實在想一窺忍術的奧秘，所以後來還是偷偷地去問了廉正風。

廉正風倒對他很實在，據實告訴他，忍術的一切，都不會告訴外人，外人如果要不識趣地追問，就會被視為敵對行為。

溫寶裕一聽這樣的警告，當然不敢再問下去。而廉正風又告訴溫寶裕，說他如果真正有興趣，可以收他為徒，接着就給了溫寶裕一本小册子，上載忍術弟子必須嚴格遵守的戒條九十九條，要溫寶裕背熟。

溫寶裕一看那九十九條戒條，雖然不至於魂飛魄散，卻也出了一身冷汗，拜師之說，自然作罷，把小册子恭恭敬敬還給了廉正風，老老實實告訴廉正風：「這九十九條戒條，我一條也做不到，我們沒有可能成為師徒！」

廉正風收回了小册子，一笑置之。溫寶裕從此也就死了心。

餘波之三是故事中有一個人，十分神秘。這個人就是游救國的父親游道聖。後來我和游救國的交談中，問起他的父親，竟然連游救國也不知道游道聖究竟是做甚麼的。

游救國只知道家裏很富裕，在鄉間有規模很大的莊園，父親的行動很神秘，有時候外出經月，有時候又有許多訪客。最奇怪的是後來他也曾派人去打聽，可是整個莊園都不再存在，人也消失得無影無蹤。這種情形自然引起了我的興趣，於是我和小郭就一起努力去發掘眞相，游救國本身當然更有興趣。

我們努力的結果，相當驚人——不過這是另外一個故事了，表過不提。

餘波之四是我把游救國介紹給了勒曼醫院。

原來勒曼醫院方面也一直在研究人類行爲中由本性所主宰的部份，也就是說，他們也一直在研究人類本性，可是卻也一直捕捉不到中心，沒有成就。

所以他們也早就注意到平地青雄的研究工作，他們曾經派過幾個人到平地醫院，想知道平地青雄研究的成績，可是平地青雄（游救國）並不接受他們，並沒有收穫。

因此他們一聽到我把游救國介紹給他們，就熱烈歡迎。在影像電話中，我和游救國都可以看到亮聲和他的幾個同伴的興奮神情。當我們可以看到亮聲的時候，他們當然也可以看到我和游救國。

後來游救國對我說，最令他高興、願意傾力和勒曼醫院合作的最大原因是，因爲勒曼醫院的那些人看到了他的時候，一點都沒有因爲他的容貌而有任何怪異的反應——而其他人，即使是我們，就算努力不表現心中的訝異，他都可以感覺得出人家對他可怕的面貌所產生的愕然，只有勒曼醫院那些人，完全不感到意外。

我聽了游救國這樣說，心中暗暗好笑——勒曼醫院那些人，包括亮聲在內，根本不是地球人，他們原來的樣子，比起毀容之後的游救國，不知道恐怖了多少倍，自然不會對游救國的臉容大驚小怪！

當時游救國就把他多年來研究的結果，通過電腦把資料傳送過去，我看到對方在電腦顯示屏前那種雀躍的情形，可是對於顯示出來的資料，我卻完全看不懂。

他們和游救國熱烈地討論，我在一旁也是十句話之中，最多聽明白一兩句而已。

可是我卻堅持聽下去，因為我知道他們在討論的事情，和人類有極大的關係，實實在在接觸到了人類的本性，甚至於有可能將人類本性進行改變，那就等於可以改變人類行為，等於可以決定人類命運！

這樣的大事，我是人類之一，當然要盡可能在第一時間進行了解。同時我也想到，如果人類本性確然可以通過手術、藥物來改變的話，固然可以消除本性中的奴性，卻同樣也可以大大增強本性中的奴性！也就是說可以使人類變成徹頭徹尾的奴隸！

雖然我對勒曼醫院很有信心，相信他們不會做危害地球人的事情，可是想到如果外星人掌握了改變人類本性的能力，還是有點不寒而慄。

所以我就更加特別注意他們的討論。

我發現勒曼醫院方面不斷地在向游救國提出問題，開始游救國還可以有問必答，漸漸地就很猶豫，後來就答不出來了。

從這種情形可以看出游救國的研究結果，其實還是很初步，看來鴨子和人有很大的不同，游救國能夠成功的改變鴨子的本性，可是距離能夠成功改變人類本性，還有不知道多少路要走。

這時候我的心情十分矛盾，一方面希望他們的研究可以成功，正如游救國所設想的那樣，如果人類本性之中沒有了盲目服從的奴性，不但不可能有大規模的戰爭，就是小規模的械鬥也無法成事——誰喜歡用武力解決問題，就讓他和對手單對單地決鬥好了！

而且更有意義的是，甚麼主義等等，也必然失去了號召力，人人都有獨立思考的能力，誰還會被口號迷惑？

只有消滅了本性中奴性部份的人，才是眞正獨立的人，才有資格成爲高級生物，不然只是一羣隨着極少數人的指揮棒行動的低級生物而已——和鴨子甚至於昆蟲並沒有多大的分別。

可是如果他們研究成功，正像我剛才擔心的那樣，有可能反而令人類本性中的反抗、獨立部份消失，那樣人類就徹頭徹尾變得和昆蟲一樣了！

我感到無奈之極，因爲想來想去，不管結果是怎麼樣，似乎人類的命運始終只是操縱在少數人的手中！

這種矛盾的心情，一直無法解決，後來和白素討論多次，都沒有結果，很希望有高人能夠給我指導。

勒曼醫院方面和游救國初步接觸的結果很好，勒曼醫院邀請游救國參加，游救國卻拒絕，而最後達成了雙方各自研究，但是每天交換意見的協議。

游救國對我介紹他和勒曼醫院達成了合作協議，十分感激。我卻心中苦笑，因爲結果如何，難以預料，我無法知道自己是做對了還是做錯了。我只可以肯定，游救國和勒曼醫院合作，必然會使研究工作，加快步伐，走向成功。

而如果取得成功之後，會造成甚麼樣的局面，實在無法想像。

我推測當時我心中的矛盾想法，一定不由自主反應在表情上。我留意到亮聲有欲言又止的神情，而其他幾個勒曼醫院的人員，都很興奮，顯然他們在對人類本性的研究，並沒有甚麼成績，所以很高興可以和游救國合作，因爲游救國至少在這方面的研究有「零的突破」，發現了本性和內分泌系統的關係。

相信以勒曼醫院的人才鼎盛，很快就可以在這個基礎上得到發展。

當我在這樣想的時候，我發現亮聲更像是知道我的心意一樣，向我暗暗搖了搖頭。我知道他是在向我暗示些甚麼，可是我卻不能明白他究竟在暗示甚麼。

當游救國和勒曼醫院達成協議之後，游救國和廉正風告別，他們在離去的時候，一直在客廳等候的陳名富向游救國深深鞠躬。

陳名富並沒有說甚麼，不過誰都知道，陳名富的行動，一方面是對游救國表示歉意，因爲幾十年來冒充了游救國的身份，另一方面是表示感激，因爲他以游救國的身份，幾十年來生活可以說是毫無缺陷，接近完美，可以說世界上六十億人口之中，能夠有這樣幸福人生的人不會超過六十個！

而陳名富能夠有這樣的幸福人生，全是由於在那樁意外之中，他得到了游救國的那隻網籃。

陳名富在深深鞠躬的時候雖然沒有說話，游救國還是立刻明白了他的意思，嘆了一口氣：「其實你的命運，還是由你的本性來決定的。如果當時你不是好意到盧家去報告我遭到了不幸的消息，而只是將網籃據爲己有，自然也不會有以後的事情發生了！」

游救國的話很有道理，陳名富的本性決定了他的命運，可是也絕對不能否認那椿意外所起的作用——所以人的命運，形成的過程十分複雜，有內在的原因，又有外在的原因。

別說外在的原因無法控制，就算內在的原因，也同樣無法了解，在兩方面都是未知數的情形下，排列組合的可能也就成爲無窮大的未知數——代表了命運的不可測。

當時我們都想到了這一點，所以不單是陳名富和游救國兩個當事人感嘆命運之不可測，大家都有同樣的感嘆。

游救國也向陳名富回禮，同時道：「那兩次，嚇倒你了！我在聽說本地有一位銀行家的名字是游救國之後，實在忍不住好奇，想看一看他是甚麼樣人！」

這一點正和我們以前假設的情況相同，所以不必再多說甚麼了。

而餘波之五則相當重要，在游救國和廉正風離去之後的第二天，亮聲主動聯絡我，第一句話就道：「衞君，你心中很擔心對改變人類本性的研究成功以後會出現相反的效果？」

我苦笑承認，反問：「你能夠提供甚麼保證？」

亮聲並沒有直接回答問題，只是道：「你其實沒有擔心的必要，因爲那不知道是多少年之後的事情，到時候，人類本性早已又經歷了巨大的改變——像奴隸社會永遠不可能再回頭一樣，人類本性在不斷改變之中。」

我很猶豫：「以你們的力量，也需要很久？」

亮聲嘆了一口氣：「其實我們早就對人類本性進行廣泛的研究，可是無論如何努力，都甚至於無法知道人類本性究竟是怎麼一回事，是怎樣的一種存在。它看不見、摸不着、聽不到、形象無從究詰、不知道它是光亮還是黑暗、它廣大無邊不可名狀、說它有它又沒有、說它沒有它又存在、迎着它看不到它的前面、隨着它卻又看不到它的後面、把握着它久的可以一切、甚至於了解一切的原始……」

亮聲一口氣說下來，一開始我有點莫名其妙，可是越聽越覺得他的說法十分熟悉，等他說到一半，我已經完全知道他是在說甚麼了，所以不等他說完，我就接了上去：「……這就是『道』、是『道的規律』！」

雖然我接上了他的話，可是我心中卻疑惑之極！

因爲亮聲所說的那番話，並不是他的創作，而是「老子」對於「道」所作的解釋的其中一部份，在他所著的《道德經》中的第十四章。（在這裏我不引用原文了——有興趣的朋友可以自己去找，即使手頭沒有《老子》，在普通書店裏也可以找得到。）

我疑惑的是，幾千年來，從來也沒有人把老子所說的「道」和人類本性聯繫在一起。可是這時候經亮聲一說，我卻有豁然開朗之感，感到「老子」不嫌其煩、不斷作出解釋的「道」，確然可以視之為人類本性——完全無從捉摸，可是卻存在而且是人類一切行為的主宰！

亮聲又道：「所以你可以放心，地球人研究自己的本性研究了幾千年，還完全沒有結果，我們這些外來者想要有結果，談何容易啊！」

我深深地吸了一口氣，除了接受他的說法之外，我還能做些甚麼呢？

（全文完）

# 勤十緣出版社書目

## 衞斯理科幻系列

1 電王
2 黃金故事
3 從陰間來
4 到陰間去
5 遊戲
6 陰差陽錯
7 禍根
8 生死鎖
9 陰魂不散
10 許願
11 還陽
12 運氣
13 開心
14 將來
15 改變
16 闖禍
17 解脫
18 遺傳
19 爆炸
20 水晶宮
21 前世
22 新武器
23 病毒
24 算帳
25 原形
26 活路
27 雙程
28 洪荒
29 買命
30 賣命
31 考驗
32 傳說
33 豪賭
34 眞實幻境
35 成精變人
36 未來身份
37 移魂怪物
38 人面組合
39 本性難移

## 倪匡科幻系列

1 消失女神
2 離魂奇遇
3 困獸
4 夜光
5 神話世界
6 妖偶
7 四條金龍
8 飛焰
9 魔像
10 鬼鐘
11 通神
12 蛇神
13 火鳳
14 異人
15 怪頭
16 蜂后
17 巨龍
18 解開死結
19 死結
20 遊魂
21 天敵
22 夜歸
23 神機
24 暗算

## 奇幻系列

△1 轉世 余過著
2 隔世冤 寬齋著
△3 殘酷蜜月 余過著
4 陰陽證 寬齋著
△5 重返前生 余過著
6 鬼惑 商魂布著
7 公主墳 史國良著
8 追魂劫 商魂布著
9 血誘 寬齋著
□10 血雨艷桃紅 張宇著
□11 十世仇 張宇著
12 老床 史國良著
13 電話追命 商魂布著
14 鬼太郎 寬齋著
15 鬼日記 余無語著
16 寡婦咒 靈子著
17 屋邨猛鬼錄 李大幫著
18 鬼拳王 余無語著
19 鬼爺爺 商魂布著
20 卜命 寬齋著
21 鬧房 史國良著
22 鬼妾 寬齋著
23 最後的化粧 高青著
24 蘭桂坊夜話 余無語著
25 屍戀 靈子著
26 腐屍還陽 寬齋著
27 不歸門 寬齋著
28 義莊夜驚情 余無語著
29 屋邨猛鬼錄(2) 李大幫著
30 新棺舊魂 寬齋著
31 勾魂女 寬齋著
32 秋墳 余無語著
33 輪迴恨 寬齋著
34 還淚井 寬齋著
35 出爐異聞 余無語著
36 不離人 寬齋著
37 屋邨猛鬼錄(3) 李大幫著
38 小魔煞 寬齋著
39 死劫難逃 寬齋著
40 鬼影幢幢 余無語著
41 人間地獄 寬齋著
42 十大猛鬼公園 李大幫著
43 斷魂崖 余無語著
44 屋邨猛鬼錄(4) 李大幫著
45 鬼迷心竅 寬齋著
46 洪水凶靈 余無語著
47 貓魂祭 寬齋著
48 撕魂裂魄 寬齋著
49 午夜迷踪 余無語著

＊即將出版　△見余過四人夜話系列　□見張宇玄幻系列

50 螻蟻肉衣　寬齋著
51 種孽　寬齋著
52 猛鬼燈塔　余無語著
53 雪山艷魂　寬齋著
54 魂約黃昏後　余無語著
55 石澳夜驚情　余無語著
56 校園猛鬼錄—大專版　李大幫著
57 攝魂大法　寬齋著
58 怒海屠鯊　余無語著
59 怪杖賀年宵　余無語著
60 酒店猛鬼錄　李大幫著
61 山火驚魂錄　余無語著
62 怪嬰　余無語著
63 紅蛙・紅娃　余無語著
64 鬼刀　余無語著
65 冥國記之幻世奇謎　于東輝著
66 血蓮藕　余無語著
67 冥國記之絕域秘城　于東輝著

## 張宇玄幻系列

1 血雨艷桃紅
2 十世仇
3 鬼媒
4 摸骨
5 戲班
6 馬季開鑼
7 鬼臉
8 色鬼
9 母夜叉
10 趕鬼入窮巷
11 破法
12 脫胎換骨
13 胎痣
14 尋仇
15 收腳印
16 落髮記
17 燒衣
18 裝瘋扮傻
19 獨腳戲
20 非法房客
21 趕投胎

## 余過四人夜話系列

1 轉世
2 殘酷蜜月
3 重返前生
4 偷魂
5 枕邊魔劫
6 殺頭遊戲
7 沒有腳的女人
8 蝶妻
9 變形
10 命運奇談
11 天際骷髏船
12 蠍女
13 色魔

## 多情系列

▲1 三生石　孔昭著
2 今夜沒有約　嚴沁 梁鳳儀等著
3 絕對討厭的女孩　羅穎思著
4 鬼城　賈平凹 梁鳳儀等著
5 女兒經　程乃珊著
6 雲水依依　夏小詩著
7 道是無情　汪曾祺 羅美榮 梁鳳儀等著
▲8 燃燒彩虹　孔昭著
9 魔少年　吳敬子著
▲10 月夜傳奇　孔昭著
▲11 再見茉莉　孔昭著
▲12 紫女　孔昭著
13 過把癮就死　王朔著
14 金融家　程乃珊著
15 今夜，我們試婚　毋碧芳著
16 今夜沒有雨（修訂本）　梁荔玲著

## 嚴沁浪漫系列

1 夏之迷惑
2 無情谷
3 也是重逢
4 盈雪
5 長街
6 沉沉黑夜
7 燈火闌珊處
8 不死的夢
9 餘情未了
10 玻璃命
11 此岸彼岸
12 該不該讓他知道
13 有月亮的早晨
14 午夜陌生人
15 沒有愛情的故事
16 雨樹
17 風裡人
18 折翼的天使
19 愛情第二號
20 流星的眼淚在飛
21 夢裡夢外
22 獨奏心曲
23 變奏
24 笑在淚中
25 未寒時
26 眸
27 渺渺情
28 風也悄悄

＊ 即將出版　▲ 見孔昭驚情小說系列

## 寫眞小說系列

1 還似無情 張寶兒著
2 嫁後 張寶兒著
3 撲蝶 張寶兒著
4 回首已三生 張寶兒著
5 塵緣 張寶兒著
6 婚姻大事 張寶兒著
7 又是曾經 張寶兒著
8 花不迷人 張寶兒著
9 晚來天欲雪 張寶兒著
10 多夢 張寶兒著

## 孔昭驚情小說系列

1 三生石
2 燃燒彩虹
3 月夜傳奇
4 再見茉莉
5 紫女
6 捕月

## 奇案系列

1 撕票 林蔭著
2 千里追兇 捍衛者著
3 城市戰爭 捍衛者著
4 重案傳眞 捍衛者著

## 推理系列

1 重殺 施雨著
2 噬人 笹澤左保著 林敏生譯
3 丸之岬奇案 吳民民著
4 山下藏金之謎 吳民民著
5 世紀末的挽鐘 吳民民著
6 太陽帝國的八十四小時 吳民民著

## 實用系列

1 兩餸一湯(一) 李曾鵬展著
◇2 居室風水 芳草軒著
◎3 風水新講場 宋韶光著
4 兩餸一湯(二) 李曾鵬展著
5 家庭實用療方 李南著
6 家事錦囊 李陳雅賢著
7 職業婦女三餐樂 蔡麗容著
◎8 斗換星移說命運 戴添祥著
9 法律八寶飯 毛錫強著
◎10 猴年運程 蔡興華著
11 生意經 李寶光著
12 名廚巧手菜 陳東著
◎13 靈測玄機 阿樂著
14 兩餸一湯(三) 李曾鵬展著
15 九二年加國移民指引 霍子孟著
◎16 鐵板神數趣談 阿樂著
17 吃雞百變法 蔡麗容著
18 清潤湯水 李南著
19 實用抗癌藥膳 常敏毅著
20 法律小錦囊 毛錫強著
21 滋補粥品 戴麗嫦著
22 改變生命的密法 邱彰著
23 家事萬靈通 李陳雅賢著
24 豆腐百變法 蔡麗容著
25 保健素食精選 丁元義編 王龍驥等著
26 涼拌美食 戴麗嫦著
27 吃蛋百變法 蔡麗容著
28 親親孩子心 初子著
◎29 風水百答 宋韶光著
30 瓜類百變法 蔡麗容著
31 調味料妙用法 戴麗嫦著
◎33 教你睇風水 正翁著 余無語編訂
34 一味三食 馮金陵著
35 滋味海鮮餐 戴麗嫦著
36 淡水魚百變法 蔡麗容著
37 妙語連珠 宋韶光著
◎38 鷄年運程 蔡興華著
39 秋冬火鍋煲仔菜 馮金陵著
40 親親孩子心(二) 初子著
◎41 名人命理 盧恆立著
42 甜品百變法 蔡麗容著
43 改變婚姻的密法 邱彰著
◎44 三元九運論風水 盧恒立著
45 懷舊菜譜 馮金陵著
46 Keep Fit 甜品 戴麗嫦著
◎47 命轉乾坤話風水 戴添祥著
48 新意家常菜 李曾鵬展著
49 情場衆生相 林淑霞著
◎50 四柱八字話名人 盧恆立著
51 養顏妙品 戴麗嫦著
52 自學美髮術 戚其光著
◎53 家居好風水(合訂本) 宋韶光著
◎54 術數縱橫—揭鐵板、紫微、子平等秘奧 正翁著 余無語編訂
◎55 王亭之談斗數與玄空 王亭之著
56 常見病飲茶療法 譚眞著
◎57 現代建築與風水 蔣匡文著
58 名廚滋補美食 陳東著
59 新一代健康飲食 瑪麗連戴蒙著 CY譯
60 親親孩子心(三) 初子著
61 法律傳訊站 毛錫強著

＊即將出版　◇見芳草軒系列　◎見術數系列

◎62 奇人奇事奇風水　正　翁著 / 余無語編訂
◎63 風水八字考奇案　盧恆立著
◎64 洩漏天機　正　翁著 / 余無語編訂
65 引人入性　蘭茜著
66 養生百忌　姚香雄著
67 香水蜜語——女人香　歐惠芳著

## 梁媽媽快樂家庭系列

1 Fit 到盡
2 辣到跳
3 兒童麵點

## 梁荔玲健康系列

1 十足靚女人
2 內在外在一百分
3 美容院內外
4 美容師實用英語——與美容問題百解

電視日報
勤＋緣出版社　聯合出版

## 娛樂叢書

1 Top 星收入榜　宇文穎著
2 擁抱黎明　文　晞著
3 眞情流露　文　晞著
4 冷艷的背後—鞏俐　蒲　莉著
5 鐵幕誘惑郭富城　彭令德著
6 笑看星色　馮美基著

經濟日報
勤＋緣出版社　聯合出版

## 經濟日報叢書

1 高官厚祿　陳毓祥等訪問錄
2 力爭上游　姜趙玉蓮著
4 自強不息　姜趙玉蓮著

壹出版有限公司
勤＋緣出版社　聯合出版

## 開卷一族叢書

1 壹盤生意　壹週刊主編
2 壹笑集　壹週刊主編
3 富豪密室　壹週刊主編
4 IQ挑戰站　壹週刊主編
5 事實與偏見　黎智英著
6 壹手興家　壹週刊主編

三思傳播有限公司
勤＋緣出版社　聯合出版

## 資本家顧問叢書

1 世界華人富豪列傳
2 Forbes 華人富豪榜
3 世家大族

中信出版社
勤＋緣出版社　聯合出版

## 中信企管系列

1 中國投資手册　初保泰著
2 中外合營投資效益分析　蒲明書著
3 中國投資稅收顧問　馬國賢 張華國 編著
5 怎樣開拓中國大陸市場　杜定平 張建平 主編
6 中國對外經濟貿易實務問答　汪堯田主編
7 中外合作經營企業　初保泰 董薇園 編著
8 中國股份制及證券交易實務問答　吳世亮 李書強 編著
9 中外合資經營企業的驗資與審計　錢　鏘 張　克 編著
10 中國企業與証券的資信評估　吳晶妹著
11 中國公司法實務問答　袁勝華 胡微波 編著
鄭　導

香港管理專業協會
勤＋緣出版社　聯合出版

## 香港管理專業協會叢書

①—④現代市場管理——
1 市場拓展策略
2 廣告策略
3 推銷管理策略
4 公共關係策略
5 辦公室行政策略
6 致勝投資錦囊
7 最新國內商業信札
8 保險實務基本法
9 管理心理學

＊ 即將出版

## 術數系列

1 風水新講場　宋韶光著
2 斗換星移說命運　戴添祥著
3 猴年運程　蔡興華著
4 靈測玄機　阿　樂著
5 鐵板神數趣談　阿　樂著
6 風水百答　宋韶光著
7 教你睇風水　正　翁著　余無語編訂
8 鷄年運程　蔡興華著
9 名人命理　盧恆立著
10 三元九運論風水　盧恆立著
11 命轉乾坤話風水　戴添祥著
12 四柱八字話名人　盧恆立著
13 家居好風水(合訂本)　宋韶光著
14 術數縱橫—揭鐵板、紫微、子平等秘奧　正　翁著　余無語編訂
15 王亭之談斗數與玄空　王亭之著
16 現代建築與風水　蔣匡文著
17 奇人奇事奇風水　正　翁著　余無語編訂
18 風水八字考奇案　盧恆立著
19 洩漏天機　正　翁著　余無語編訂
20 風水基本法　戴添祥著
21 術數揭秘　正　翁著　余無語編訂
22 十分鐘周易(一)　雷　鐸著
23 術數面面觀　正　翁著　余無語編訂
24 先天易　于東輝著
25 測命測字測風水　正　翁著　余無語編訂
26 教你改名　正　翁著　余無語編訂

## 芳草軒系列

1 居室風水
2 室內風水禁忌

## 投資企管系列

1 香港股票投資勝着　譚廣流著
■2 炒蚊股致勝術　思　敏著　古鎮煌編
3 股票入門　鄧曾瑞紛著
●4 中國投資手册　初保泰著
■5 九十年代推銷術　燕　多著　古鎮煌編
■6 賺錢與花錢　古鎮煌著
■7 英國地產投資指南　燕　多著　古鎮煌編
8 小國投資創富　任枝明著
9 東歐投資先鋒　張志誠著
10 投資啓示錄　錢炳恩著
●11 中外合營投資效益分析　蒲明書著
12 中國外銷樓盤大全　韋昌汶著
■13 外滙投資致勝術　思　敏著　古鎮煌編
●14 中國投資稅收顧問　馬國賢　張華國編著
■15 錢眼看世界　思　敏著　古鎮煌編
16 開拓中國市場廣告促銷法　韋昌汶著
17 投資中國企業股秘笈　黃戴潔瑩著
18 開創銷售新路向　高培新著
19 私有產權的疑惑　黎偉聰著
20 中國熱門經濟開發區投資指南　商報資料組

## 古鎮煌系列

1 炒蚊股致勝術　思　敏著　古鎮煌編
2 九十年代推銷術　燕　多著　古鎮煌編
3 賺錢與花錢　古鎮煌著
4 英國地產投資指南　燕　多著　古鎮煌編
5 外滙投資致勝術　思　敏著　古鎮煌編
6 錢眼看世界　思　敏著　古鎮煌編
7 上班族投資指南　古鎮煌著
8 旅行者的故事　古鎮煌著
9 生活經濟學　古鎮煌著
10 辦公室政治概論　古鎮煌著
11 經濟生活放大鏡　古鎮煌著
12 精明消費者　古鎮煌著
13 藍籌股投資致勝術　思　敏著　古鎮煌編
14 期貨期權致勝之道　郭鎮楚著　古鎮煌編
15 九十年代炒股技術　古鎮煌著

## 名家系列

1 冬雨　王　蒙著
2 男男女女　王安憶　張辛欣等著
3 小人物自述　老　舍著　舒　乙編
4 風過耳　劉心武著
5 冰心九句文選　冰　心著

＊即將出版　■見古鎮煌系列　●見中信企管系列

6 表姐　王　蒙著
7 藍夜叉　劉心武著
8 裸雪　從維熙著
9 小販世家　陸文夫著
10 活佛　高　澍著
11 柏克萊傳眞　陳若曦著
12 走出細雨濛濛　陳若曦著
13 關於女人　冰　心著
14 關於男人　冰　心著
15 老舍英文書信集　老　舍著　舒悅譯註
16 說眞話的文學　巴金等著
17 情知不是伴　蔣子龍著
18 世故人情　張愛玲 賈平凹等著
19 空巢　從維熙著
21 炮打雙燈　馮驥才著
22 殺星　劉心武著

## 名門望族系列

1 列根夫人與星象學　秋　紅著
2 香港女富豪列傳　方曉雲著
3 富豪第二代　韋昌汶著
4 世紀婚姻和它們的結局　秋　紅著

5 名人初戀故事　錢　進 楊國慶編著
6 五十年代香港足球　區志賢著
7 港澳名人風采　王寅城等著

## 智慧系列

1 墨趣　謝宏中著
2 箴言精選(增訂版)　何文滙著
3 王子復仇記　何文滙著
4 論道德的起源　尼　采著　周　紅譯
5 藍田日暖　蔡炎培著
6 藝壇藝談　徐子雄著
7 軍人干政　蕭　弘著

## 漫畫系列

1 六韜　王宣銘著
2 智囊　王宣銘著
3 三十六計　王宣銘著
4 黃石公三略　王宣銘著

## 散文系列

1 不甘寂寞　邵國華著
2 八方羣英　岑逸飛著
3 廣告高興坊　潘啓迪著
4 過眼雲烟　林　洵著
5 兩談食性　王亭之 姚香雄著
6 倪震的心　倪　震著
7 你不是我最好的朋友　鄭世安 林竺霓著
8 彷彿是昨天　黃　霑著
9 妙不可言　朱維德著
10 奇聞異錄　可　飛著
11 兩重腳跡　王亭之著
12 二水集　梁鳳儀 舒　非著 林　洵
13 外交趣聞　徐行舟編著
14 芳草遍地　陳佐洱著
15 曠古的印記　彥　火著
16 龍景集　黃英琦著
17 遊踪寄語　吳康民著
18 潘虹獨語　潘　虹著
19 笑看人生　馮美基著
20 龍　余心言著
21 雜絮人生　蔣麗芸著

## 世紀末趣智系列

1 警告男男女女　周　洪著
2 九七年前—大陸財路　周　洪著
3 警告夫妻　周　洪著
4 九七年前—大陸私情　周　洪著

## 世界翻譯叢書

1 情牽一線　芭芭拉卡特蘭著
2 仙人掌下的戀曲　芭芭拉卡特蘭著
3 戀戀落日城　芭芭拉卡特蘭著
4 愛在浪漫之鄉　芭芭拉卡特蘭著
5 假夢眞情　芭芭拉卡特蘭著

## 電影電視小說系列

1 昨夜長風　梁鳳儀著
2 夜半歌聲　木　青著
3 我要活下去　梁鳳儀著
4 花幟　梁鳳儀著
5 97家有喜事　黃百鳴 谷德昭著
6 擁抱朝陽　梁鳳儀著
7 世紀末的童話　梁鳳儀著

＊ 即將出版　○ 與百花文藝出版社聯合出版

## 梁鳳儀散文系列

1 財來自有方
2 誰可叮嚀
3 再戰江湖
4 不記當年
5 心想事成
6 勝者爲王
7 一言驚醒夢中人
8 行政秘笈
9 這就是梁鳳儀
10 在商言商
11 海峽兩岸的梁鳳儀
12 辦公室手册
13 先下手爲強
14 人人有淚不輕彈
15 有錢萬事足
16 梁鳳儀談情——散文精選
17 強中自有強中手
18 明天會更好
19 勇者無敵
20 萬綠叢中一點紅
21 我結婚了
22 女性當自強——散文精選
*23 梁鳳儀談生意——散文精選
*24 大男人與小女人

## 梁鳳儀財經小說系列

1 醉紅塵
2 九重恩怨
△3 花魁劫
4 信是有緣
5 鎖清秋
6 惆悵還依舊
7 飛越滄桑
8 異邦紅葉夢
9 笑春風
△10 昨夜長風
11 誓不言悔
12 激情三百日
△13 花幟
14 強人淚
15 今晨無淚
△16 誰憐落日
△17 抱擁朝陽
18 紅塵無淚
△19 世紀末的童話
20 洒金箋
21 裸情恨
22 心濤
23 大家族
24 當時已惘然
25 殺戮情緣
26 情霸天下
27 又見深秋
28 弄雪
△29 我要活下去
30 歸航之日落紫禁城
31 歸航之西風逐晚霞
32 歸航之籬下的歲月
33 歸航之滄波萬里風
34 歸航之深情似往時
35 歸航之衝上九重天
36 金融大風暴
*37 曇戀
*38 天債
*39 有鳳來儀
*40 大風暴
*41 還我公平
*42 灑藍天
*43 夢蝶記
*44 今夕門煙花
*45 好女十八嫁
*46 一代大亨
*47 焚情錄
*48 尋夢園
*49 愛你在明天
*50 無情海峽有情天
*51 千億個吻
*52 衝上雲霄
*53 峰火柔情
*54 太陽浴血記
*55 名城血淚
*56 錯愛
*57 剪夢
*58 禁止狂戀

## 梁鳳儀實用工具叢書

1 商場致勝法寶
2 小本經營大禁忌
3 秘書必讀
4 打工仔通勝
5 節約時間妙方
6 外快路路通
7 如何賺女人錢
8 小富由儉基本法
9 做個有魅力的女人
10 如何成爲老闆的寵兒
11 一本萬利錦囊
12 曉做事不如曉做人
13 無往不利公關術
14 如何戰勝自己
15 女性如何面對壓力
16 如何善待下屬
17 行政管理藝術
18 辦公室工作指南
19 做個成功的職業女性
20 走上發達之路

## 梁鳳儀作品漫畫系列

1 男女有別
2 瀟灑商海行
3 人在江湖
4 奮鬥人生

＊即將出版　　△見電影電視小說系列